GOLDMANN

Buch

Nach Beobachtungen von Psychologen kommen bei der Kindererziehung auf ein Lob etwa zehn tadelnde Bemerkungen oder Strafen, so daß in vielen Fällen das Selbstbewußtsein an seiner vollen Entfaltung gehemmt wird. Je mehr Frustrationen (Enttäuschungen, seelische Verletzungen) ein Mensch im Laufe seines Lebens erfährt, um so mehr wird sein mehr oder weniger stark entwickeltes Selbstbewußtsein erschüttert, um so unsicherer und ängstlicher wird er.

Millionen Menschen haben aufgrund der Erziehungs- und Umweltsituation Probleme mit ihrem Selbstbewußtsein: Nach Schätzungen wären 70 Prozent der Bevölkerung über 16 Jahre gerne selbstbewußter. Mit Hilfe dieses Buches kann der Leser sein Selbstbewußtsein (wieder) aufbauen und stärken.

Autor

Peter Lauster studierte in Tübingen Psychologie und Philosophie. Seit 1971 leitet er in Köln das Institut für psychologische Diagnostik, das psychologische Eignungsgutachten erstellt und neue Testverfahren und Trainingsprogramme entwickelt. Lauster ist durch mehrere Publikationen einem breiten Publikum bekannt geworden: Die Liebe (1980); Menschenkenntnis ohne Vorurteile (1983); Wege zur Gelassenheit (1984); Lebenskunst (1984).

Im Goldmann Verlag erschien bisher:

Der Persönlichkeitstest (Verlagsnummer 10739)

PETER LAUSTER

Selbstbewußtsein kann man lernen!

Programm für Selbstsicherheit und Selbstvertrauen

GOLDMANN VERLAG

Made in Germany · 12/85 · 2. Auflage
Genehmigte Taschenbuchausgabe

Umschlaggestaltung: Design Team München
Druck: Elsnerdruck, Berlin
Verlagsnummer: 10960
Lektorat: CR · Herstellung: Peter Papenbrok/Voi
ISBN 3-442-10960-4

»Materielle Sicherheit
ist ein großes,
erstrebenswertes Gut.
Aber es ist noch nicht einmal
die unterste Stufe
zur Höhe des Glückes«,
sagt der Philosoph Ludwig Marcuse.
Von der hohen Stufe
der seelischen Sicherheit
handelt dieses Buch.

Inhalt

Vorwort

Das Selbstbewußtsein ist eine zentrale Eigenschaft, die nicht angeboren ist, sondern sich von der Kindheit an langsam entwickelt. Zunächst wird an vielen Fallbeispielen gezeigt, wie sich ein geringes Selbstbewußtsein auswirken kann. In den beschriebenen Beispielen können sich viele Leser mit ihren eigenen Problemen gespiegelt sehen. Dieser vorgehaltene Spiegel soll wachrütteln, in Zukunft nicht mehr vor den eigenen Selbstwertproblemen und Minderwertigkeitsgefühlen zu kapitulieren.

Frustrationen (Enttäuschungen, seelische Verletzungen) zerstören systematisch die Selbstsicherheit im Laufe des Lebens. Nur etwa 10% der Menschen können sich wirklich frei und ohne Unterdrückung entfalten. Es ist psychologisch leicht verständlich, daß Millionen Menschen aufgrund der Erziehungs- und Gesellschaftssituation Probleme mit ihrem Selbstbewußtsein haben.

Würde man ein Jahr lang die Erziehungsweise der Eltern und Lehrer beobachten und jedes Lob und jeden Tadel zählen, könnte man entdecken, daß auf ein Lob etwa zehn tadelnde Bemerkungen oder gar Strafen kommen. Das geht an der Seele eines Kindes nicht spurlos vorbei und wirkt bis ins Erwachsenenalter nach. Warum das so ist und welche Auswirkungen es auf das Selbstbewußtsein hat, wird mit anschaulichen Beispielen erklärt.

Je mehr Frustrationen ein Mensch im Laufe seines Lebens einstecken muß, um so unsicherer und ängstlicher wird er. Die Verhaltensforscher haben entdeckt, daß der Mensch auf diese Weise »konditioniert« werden kann, das bedeutet, daß sich in ihm (in seiner Psyche) Prozesse abspielen, die seinem Verstand nicht zugänglich sind. Der Mensch glaubt zu leben, aber er wird von den unbekannten Kräften in seiner Seele »gelebt«. Wenn der Leser diese Zusammenhänge kennenlernt, wird er sich selbst und seine Mitmenschen in Zukunft besser verstehen. Um sein Selbstbewußtsein zu steigern, sollte der Leser nicht nur passiv lesen und glauben, daß durch die Lektüre ein überlegenes Selbstbewußtsein auf ihn zufliegt und ihn nicht mehr verläßt. Er muß selbst aktiv werden und sollte die Denkanstöße, die ihm das Buch vermittelt, in der Praxis realisieren.

Das Buch versucht im ersten Teil, den Leser wachzurütteln und Verständnis für die eigene Situation und die der Mitmenschen zu wecken. Der Leser vertieft dabei seine psychologischen Kenntnisse. Das ist der erste Schritt zum Aufbau eines größeren Selbstbewußtseins. Der zweite Schritt führt zur Analyse der individuellen Situation. An dieser Stelle wird der Leser zur Aktivität aufgefordert, zur Beschäftigung mit seiner Situation durch Selbstbefragung. Der letzte und schwierigste Schritt führt zur Veränderung des Bewußtseins und der bisherigen Einstellungen. Das »Programm für mehr Selbstsicherheit« erfordert das Führen eines »Problem-Tagebuches«. Der Leser soll den Sinn seines Lebens herausfinden, seine Liebesfähigkeit befreien, seine weiteren Fähigkeiten entfalten, Mut zur Selbstbehauptung bekommen und schließlich seine Kritikfähigkeit und Wachheit steigern. Das ist ein sehr anspruchsvolles Ziel, das nur von einem aktiven Leser erreicht werden kann.

Das Buch ist für »seelisch normale« Personen geschrieben. Es richtet sich also nicht an Psychopathen und Neurotiker. Da jedoch die Übergänge oft sehr fließend sind, wird auch darauf hingewiesen, welche Therapiemethoden es gibt, falls der Leser die Hilfe eines Psychologen benötigt.

Köln 1974 — Peter Lauster

Was ist »richtiges« und »falsches« Selbstbewußtsein?

Selbstbewußtsein ist eine Eigenschaft, die verschieden stark ausgeprägt ist. Nur wenige Menschen besitzen ein starkes Selbstbewußtsein, die meisten besitzen zu wenig und wünschen sich mehr Selbstsicherheit.

Auf den ersten Blick scheint die Selbstsicherheit, psychologisch gesehen, eine einfache Sache zu sein. Aber das ist sie nicht, weil diese Eigenschaft stark mit anderen Eigenschaften verknüpft ist.

Das Ringmodell der Seele

Die Selbstsicherheit ist eine sehr zentrale Eigenschaft. Wenn man sich das Modell der Seele grob als ein Ringmodell vorstellt, sitzt die Selbstsicherheit in der Mitte, und andere Eigenschaften gruppieren sich um sie herum.

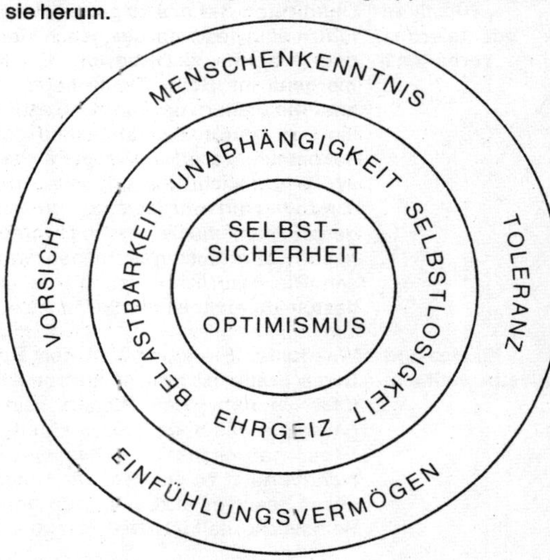

Die Selbstsicherheit hängt stark mit dem Optimismus bzw. Pessimismus zusammen. Beides, Selbstsicherheit und Optimismus, sind Eigenschaften, die sich schon in früher Jugend entwickeln. Andere Eigenschaften reifen erst später aus, wie z. B. die Menschenkenntnis und Toleranz. Aus diesem Grunde lassen sich diese Eigenschaften auch später leichter lernen, während die Selbstsicherheit viel schwieriger entfaltet werden kann.

Das oben gezeigte Ringmodell der Persönlichkeit ist aus meinem Buch »Der Persönlichkeitstest. Ein Test- und Beratungsprogramm zur Entfaltung Ihrer Persönlichkeit« (im gleichen Verlag erschienen) entnommen, in dem zehn wichtige Persönlichkeitseigenschaften vorgestellt werden. Wenn Sie sich also einmal mit Ihrer gesamten Persönlichkeitsstruktur intensiver befassen wollen, sollten Sie dieses Buch lesen. Es ist eine gute Ergänzung zu diesem Band.

Richtiges oder falsches Verhalten?

Überprüfen Sie das folgende Beispiel. Stellen Sie gefühlsmäßig fest, ob die geschilderte Person »richtig« oder »falsch« selbstbewußt ist: Herr Berger kommt morgens ins Büro. Ein Kollege erzählt ihm, daß die anderen gestern noch in der Gastwirtschaft an der Ecke ein Bier getrunken hätten und das Gespräch auf ihn gekommen wäre. Herr Berger lächelt. Der Kollege fragt: »Willst du nicht wissen, was über dich gesprochen wurde?« Herr Berger sagt: »Wurde positiv über mich gesprochen, würde es mich freuen. Wurde jedoch negativ über mich gesprochen, was die Regel bei diesen Biergesprächen ist, würde es mich ärgern. Am besten, du erzählst mir gar nichts.«

Klatsch und Selbstbewußtsein

Was halten Sie davon? Ist Herr Berger selbstbewußt? Diese Frage ist schwer zu beantworten. Herr Berger fühlt instinktiv, daß Klatsch sein seelisches Gleichgewicht etwas beeinflussen könnte, deshalb möchte er lieber gar nichts über das Gespräch wissen – um nicht verletzt zu werden. Die Chance, eventuell durch etwas Positives erfreut zu werden, nutzt er nicht. Seine Selbstsicherheit ist also nicht sehr stark.

Hätte Herr Berger sich bei dem Kollegen interessiert nach dem Klatsch erkundigt, gäbe es folgende Deutungsmöglichkeiten:

a) Herr Berger ist selbstsicher und optimistisch. Er erwartet etwas Positives. Etwas Negatives würde ihn nicht erschüttern.
b) Herr Berger ist nicht selbstsicher. Er will genau wissen, was man an ihm auszusetzen hat. Insgeheim hofft er jedoch auf etwas Positives, um sein geringes Selbstbewußtsein dadurch für einen Moment zu stärken.

Das Beispiel aus dem Berufsalltag zeigt, wie vielschichtig die Reaktionsweisen der Menschen sein können. Es zeigt auch, daß nur der Selbstsichere diese Klatschsituation souverän meistern kann. Der Selbstunsichere verstrickt sich in komplizierte Schutzmechanismen, denn er ist leicht verletzbar. Dadurch ist seine seelische Ausgeglichenheit in Gefahr. Eine »schlechte Bewertung« seiner Person raubt ihm die gute Laune, sie kostet ihn seelische Kraft.

Das Gespür der Mitmenschen

Die Mitmenschen spüren, ob Herr Berger selbstsicher ist. Halten sie ihn für selbstsicher, verschonen sie ihn mit schlechten Nachrichten, weil damit keine Wirkung erzielt werden kann. Wird Herr Berger jedoch für selbstunsicher gehalten, dann macht es vielen Menschen eine sadistische Freude, ihn aus dem Gleichgewicht zu bringen.

Das zeigt die schlimme Lage des Selbstunsicheren. Seiner Unsicherheit wird durch die Mitmenschen ständig neue Nahrung gegeben. Der vorgebrachte Klatsch macht den Unsicheren erneut unsicher – seine Unsicherheit wird bekräftigt. Die Mitmenschen spüren die Unsicherheit und überfallen Herrn Berger in Zukunft bei jeder Gelegenheit mit negativem Klatsch. Dadurch wird Herr Berger noch unsicherer. Er ist in einem Teufelskreis gefangen, aus dem er von selbst nicht mehr herausfindet.

Abhängigkeit von der Bewertung

Wer von der Meinung und Bewertung seiner Mitmenschen stark abhängig ist, findet nicht mehr die Kraft, seine Fähigkeiten voll zu entfalten. Er ist zu sehr mit dem Problem seines Selbstwertgefühls beschäftigt. Das kostet so viel Kraft, daß für außerordentliche Leistungen keine Energie und auch kein Mut mehr vorhanden ist.

Prüfen Sie nun ein anderes Beispiel. Was halten Sie hier von der Selbstsicherheit? Zwei Freunde (Herr Schmidt und Herr Rall) unterhalten sich.

Schmidt: »Ich habe eine Gehaltserhöhung erhalten.«
Rall: »Das war bei dir aber langsam Zeit. Ich habe beim Chef schon vor drei Monaten für meine Abteilung eine Gehaltserhöhung durchgedrückt.«
Schmidt: »Und du selbst?«
Rall: »Ich kann in meiner Firma so viel verdienen, wie ich will. Die können einfach nicht auf mich verzichten. Ich verstehe doch in diesem Laden am meisten von Datenverarbeitung. Die wissen genau, daß mir noch ganz andere Positionen offenstehen würden.«
Schmidt: »Du bist ein Glückspilz. Du hast dich eben rechtzeitig auf Datenverarbeitung umgestellt.«
Rall: »Ohne Organisationstalent nützt das alles nichts. Ich kann eben gut logisch denken. Und das gibt mir einen Vorsprung. Da müssen die anderen früher aufstehen, bevor mir einer etwas vormachen kann.«

Das Imponiergehabe

Was halten Sie von diesem Gespräch? Ist Herr Rall selbstbewußt? Die erste Antwort ist ja, Herr Rall wirkt sogar sehr selbstsicher, keine Spur von Unsicherheit. Herr Rall besitzt jedoch kein »gesundes« Selbstbewußtsein. Er gibt sich nur nach außen selbstsicher. Seine Selbstsicherheit hat jedoch etwas Angeberisches. Er trägt dick auf und will imponieren, um seine innere Unsicherheit zu kaschieren.

Sicherheit als Fassade

Würde Herr Schmidt an der Oberfläche kratzen, würde er sehr schnell bemerken, daß sein Freund Rall unsicher und ängstlich und seine Sicherheit Fassade ist.

Aber Herr Schmidt hat auch nur ein schwaches Selbstbewußtsein. Deshalb gibt er sich sehr bescheiden und höflich. Er will seinen Freund Rall nicht verletzen, weil er dann eine Mißstimmung befürchtet, und das würde sein Selbstbewußtsein stark beeinträchtigen. Mit einem Freund in Streit zu geraten, würde ja heißen, daß er ein unverträglicher Mensch ist. Das kann er nicht mit seinem Selbstbild vereinbaren. Für einen Streit ist er nicht selbstsicher genug.

Das Beispiel zeigt die Auswirkungen der mangelnden Selbstsicherheit. Wahrscheinlich haben Sie selbst auch Menschen dieser Art in Ihrem Bekanntenkreis beobachtet. Vielleicht haben Sie sich sogar selbst entdeckt. Herr Rall war mit seinem Imponiergehabe ein Beispiel für »falsches« Selbstbewußtsein. Nun soll ein Fall von »richtigem« Selbstbewußtsein beschrieben werden.

Beispiel eines Außenseiters

Herr Melcher ist bei Bekannten eingeladen. Er ist selbständiger Graphiker von Beruf. Die anderen 10 Personen sind Beamte und Angestellte. Da er etwas längere Haare hat und sehr frei auftritt, wird er sofort skeptisch und vorsichtig betrachtet.
Im Laufe der Diskussion ist Herr Melcher ziemlich schweigsam. Er hört aufmerksam zu und interessiert sich für die Gespräche der anderen. Herr Schneider besitzt kein sehr großes Selbstbewußtsein. Das kaschiert er durch besonders forsches und dominierendes Auftreten. Die Schweigsamkeit von Herrn Melcher macht ihn etwas unsicher. Dagegen kämpft er an, indem er versucht, Herrn Melcher zu provozieren.

Schneider: »Warum sind Sie so schweigsam, Herr Melcher?«
Melcher: »Ich höre zu.«
Schneider: »Die Graphiker haben's alle faustdick hinter den Ohren. Arbeiten Sie auch für die Werbung?«
Melcher: »Ich illustriere Kinderbücher und mache auch ab und zu eine Kunstausstellung.«
Schneider: »Sind Sie auch so ein Scharlatan wie die anderen modernen Künstler?«

Reaktionen auf Provokationen

An dieser Stelle könnte sich Herr Melcher ärgern. Wenn er ein geringes Selbstbewußtsein hätte, würde er unsicher werden durch die Provokationen des Herrn Schneider. Seine Unsicherheit könnte in ihm verschiedene Reaktionen auslösen, z. B. Demut, Resignation oder Aggressivität.

Da Herr Melcher jedoch ein tief verwurzeltes Selbstbewußtsein besitzt, wird er nicht unsicher, sondern bleibt sachlich und versucht, Herrn Schneider von seiner falschen Gesprächstaktik abzubringen. Er antwortet: »Wenig moderne Künstler sind Scharlatane. Für Scharlatane gibt es günstigere Gebiete, auf denen sie durch Scharlatanerie schneller erfolgreich sein können und mehr Geld verdienen als auf dem Gebiet der Kunst.« Schneider: »Aber viele moderne Kunstwerke sind für mich einfach Blödsinn.«
Die Gefahr ist gebannt. Herr Schneider greift Herrn Melcher nicht mehr direkt an, sondern gibt jetzt eine Meinung von sich, über die diskutiert werden kann.

Sachlichkeit ohne Spannung

Herr Melcher hat aufgrund seiner Selbstsicherheit einen Angriff, der auf ihn persönlich gezielt war, ohne Spannungen abwehren können. Sein Selbstwertgefühl war so stabil, daß er sachlich reagieren konnte.

Vielleicht sind Sie von der Antwort Herrn Melchers sogar etwas enttäuscht. Sie ist weder witzig noch besonders schlagfertig. Herr Schneider »bekam es auch nicht heimgezahlt«. Wenn Sie eine solche Antwort insgeheim erwartet haben, zeigt das Ihre eigene Unsicherheit. Denn der Unsichere will stets triumphieren, er will Macht über die anderen gewinnen, er muß sein Selbstwertgefühl ständig durch Überlegenheit bestätigt sehen. Das aber ist keine »richtige, gesunde« Selbstsicherheit.
Der wirklich Selbstsichere muß nicht stets überlegen sein. Er kann den anderen Menschen ohne Angst sehen. Sein eigener Wert wird durch die Reaktionen der anderen nicht angetastet.

Die Angst vor sich selbst

Es gibt viele Arten der Angst. Die heimtückischste ist die Angst, die man vor sich selbst hat. Die Angst vor einem bestimmten Menschen oder die Angst vor einem Ereignis, wie zum Beispiel Feuer, sind klare Ängste, die sich gut beim Namen nennen lassen und dadurch an Schrecken bereits etwas verlieren.

Die Angst vor der eigenen Persönlichkeit ist schwieriger zu durchschauen und deshalb auch schwerer zu bekämpfen. Angst vor sich selbst hat der Selbstunsichere. Selbstbewußte Menschen haben diese Angst selten. Warum hat der unsichere Mensch Angst vor sich selbst?

Der Expansionsdrang

Der Unsichere wird mit sich selbst nicht richtig fertig. Er ist sich selbst ein Rätsel und hat keinen Mut, dieses Rätsel zu lösen.
Die Selbstsicherheit hängt mit dem Expansionsdrang zusammen. Der Unsichere ist gehemmt, er kann seinen Expansionsdrang nicht entfalten. Der Expansionsdrang gliedert sich nach den Erkenntnissen des Arztes Dr. Schultz-Hencke in drei Gebiete:

- Besitzstreben
- Sexualstreben
- Geltungsstreben

Es gibt Personen, die nur auf einem oder zwei Gebieten gehemmt sind. Viele sind jedoch auf allen drei Gebieten mehr oder weniger stark gehemmt. Der gehemmte Mensch hat Angst vor den Strebungen, die aus der Tiefe seiner Seele hochsteigen. Er fühlt sich von ihnen beherrscht und hat Angst, ihnen zu unterliegen.

Die Hemmung des Sexualstrebens

Ein Beispiel für die Hemmung des Sexualstrebens soll zeigen, welchen Schaden die Angst vor den eigenen Impulsen und Strebungen anrichten kann. Frau Liblar ist seit 5 Jahren verheiratet. Im Elternhaus hat sie nie eine freie sexuelle Erziehung erhalten. Sie war ein

Einzelkind und wurde von ihren Eltern sehr behütet. Von dem ersten Mann, der sie nach monatelangem Werben zu sexuellem Verkehr brachte, bekam sie sofort ein Kind. Eine Abtreibung wurde aufgrund ihrer strengen Erziehung nicht erwogen, der Mann wollte sie auch heiraten. Die Gefühle für diesen Mann hielt Frau Liblar für Liebe, obwohl ihr die Verbindung weder sexuell noch seelisch besondere Glücks- und Geborgenheitsgefühle verschaffte.

Sexuelle Strebung in einer Ehe

Während der fünfjährigen Ehe verschlechterte sich ihre sexuelle Beziehung. Die kameradschaftliche Verbindung vertiefte sich jedoch, da ihr Mann charakterlich nicht schwierig war und sie sich seinen Wünschen leicht unterordnen konnte. Im Urlaub lernte Frau Liblar einen Mann kennen, der sie sexuell sehr stark erregte. Zum ersten Mal meldete sich ihre sexuelle Strebung mit voller Heftigkeit. Außerdem entwickelte Frau Liblar zu diesem Mann eine starke seelische Verbindung, so daß sie zum ersten Mal in ihrem Leben wirklich liebte.

Lösungen des Problems

Wie ist diese Geschichte ausgegangen? Es gibt zwei grundsätzliche Möglichkeiten. Die erste Möglichkeit wäre die ungehemmte, selbstbewußte und richtige Lösung gewesen.

1. Frau Liblar steht zu ihrer Liebe und läßt sich nach einem halben Jahr von ihrem Mann scheiden. Sie beginnt eine neue Ehe, die sie glücklich macht.
2. Frau Liblar konnte den ersten Weg aufgrund ihres gehemmten Sexualstrebens nicht gehen. Die Angst vor dem Ausbruch ihrer unterdrückten Sexualität ließ sie zurückschrecken. Sie hatte nicht genug Selbstsicherheit, ihre Sexualität und ihr Gefühl zu entfalten. In Zukunft vermied Frau Liblar sogar jede Möglichkeit, mit einem Mann alleine ein Gespräch zu führen. Sie hatte Angst davor, sich jemals wieder in einen Konflikt dieser Art zu bringen. Ihre Sexualstrebung blieb bis zum Ende ihres Lebens gehemmt. Sie lernte nie eine glückliche und befreiende Sexualität kennen.

Das Beispiel von Frau Liblar ist nichts Besonderes. Die meisten Ehen sind unglücklich und bleiben trotzdem erhalten, weil einer oder beide Partner eine Hemmung des Sexualstrebens besitzen.

Persönlichkeitsmodell von S. Freud

Um die Angst vor der eigenen seelischen Struktur besser zu verstehen, ist das Persönlichkeitsmodell von Sigmund Freud, dem Begründer der Psychoanalyse, sehr nützlich.
Er unterscheidet drei Instanzen, die das Verhalten beeinflussen: das ES, das ICH und das ÜBER-ICH.

ES

Das ES ist die elementarste seelische Schicht, von hier aus entfaltet sich der Sexualtrieb. Das ICH ist für die Anpassung an die Forderungen der Realität und Umwelt zuständig. Das ICH entscheidet also, ob sexuelle Strebungen entfaltet werden sollen.

Das ICH kann jedoch nicht völlig frei entscheiden, da es unter dem Einfluß des ÜBER-ICH steht. Das ÜBER-ICH ist das Gewissen und repräsentiert die Normen einer Gesellschaft und Kultur.

ICH und ÜBER-ICH

Das ICH jedes Menschen wird also von drei Seiten beeinflußt, vom ES mit beispielsweise sexuellen Wünschen, vom ÜBER-ICH mit einprogrammierten Moralanschauungen und von der Umwelt mit ihren augenblicklichen Forderungen.
So wird das ICH von drei Seiten beeinflußt:

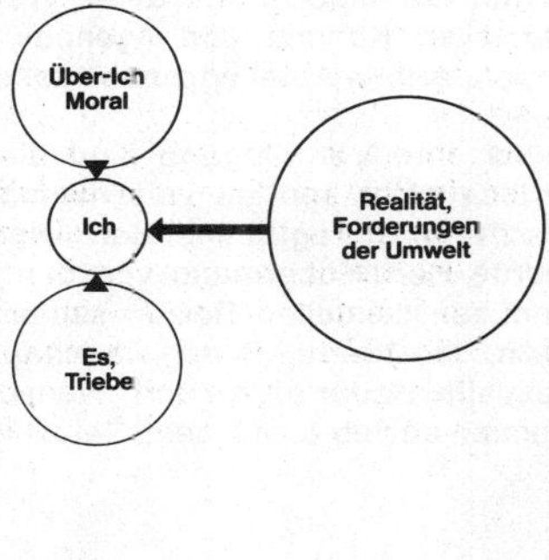

Der Kampf in der Seele

Das ICH kämpft in Freuds Modell mit zwei seelischen Instanzen (ES, ÜBER-ICH) und der Realität. Das ICH bleibt natürlich nicht immer Sieger. Ein markanter Satz von S. Freud lautet deshalb resignierend: »Der Mensch ist nicht Herr im eigenen Haus.«
Der Mensch hat Angst vor den Strebungen aus seiner ES-Schicht, er fürchtet sich davor, ihnen zu unterliegen (siehe den Fall Frau Liblar), weil das Gewissen (ÜBER-ICH) eine Befriedigung z. B. aufgrund einer prüden Erziehung nicht zulassen will. Diese Angst vor der Expansion der Strebungen führt zur Gehemmtheit. Die Gehemmtheit bleibt natürlich nicht ohne Folgen. Die Unterdrückung der Sexualstrebung führt im schlimmsten Fall zu einer Neurose (seelische Störung) und zu körperlichen Beschwerden (häufige Kopfschmerzen, Schlaflosigkeit, Hand- und Fußschweiß, Magenschmerzen, Herzklopfen usw.). Die Unterdrückung irritiert aber vor allem auf unbewußtem Wege die Selbstsicherheit.

Beispiel

Mit einem Beispiel soll das illustriert werden. Herr Hubermann ist seit 3 Jahren verheiratet. Da er sehr puritanisch erzogen wurde, hat er seine sexuellen Strebungen in der Pubertät zu verdrängen versucht. Außerdem hielt er sich körperlich für nicht sehr attraktiv. Er war sehr glücklich, als sich eine Frau für ihn interessierte, und er heiratete sie nach einem halben Jahr. Aber die sexuelle Begegnung mied er, so gut es ging. Herr Hubermann gab alle Energie seinem Beruf und hatte gegenüber seiner Frau die plausible Ausrede, er sei »zu müde«. Auf diese Weise vermied er den sexuellen Kontakt und »genoß« die Früchte seiner Arbeit, seinen Aufstieg zum Abteilungsleiter.

Sexuelle Impulse verschwinden nicht spurlos

Durch ihre Verdrängung sind die sexuellen Impulse jedoch nicht spurlos verschwunden. Sie tauchen in Nacht- und Tagträumereien wieder auf. Außerdem wurde Herr Hubermann von den Reizen seiner Frau und den sexuellen Reizen seiner Umgebung (Sekretärin, Illustrierte, Filme) durchaus stimuliert. Da er sexuelle Bedürfnisse und Wünsche aber nie ungehemmt auslebte, litt sein Selbstwertgefühl. Er fühlte sich nicht vollwertig und spürte unbewußt, daß seinem Leben etwas fehlte. Herr Hubermann wurde von seiner Umgebung zwar wegen seines beruflichen Erfolges bewundert, und trotzdem spürte man, daß er oft unsicher und leicht reizbar war. Herr Hubermann konnte keine Kritik ertragen, er besaß kein ausgeglichenes Selbstwertgefühl.

Angst vor Impulsen

Um Herrn Hubermann zu heilen, auch um seine Ehe zu retten, müßte man ihm die Angst vor seinen sexuellen Impulsen nehmen. Er müßte sexuell freier werden, dann würde sein Selbstbewußtsein größer und sein Leben glücklicher.

Da Herr Hubermann mit niemandem über sein Problem spricht, weil er ihm selbst nicht offen in die Augen sehen kann, bleibt er während seines ganzen Lebens unsicher.

Ich habe dieses Buch geschrieben, damit sich Leser, denen es ähnlich geht wie Herrn Hubermann, wiedererkennen und sie durch sein Schicksal wachgerüttelt werden. Ich fordere diese Leser auf, nicht mehr den Kopf in den Sand zu stecken, sondern ihre Sexualität zu beachten. Die Angst vor den eigenen Triebimpulsen sollte unbedingt abgebaut werden. Wer glaubt, das nicht alleine zu schaffen, sollte sich einem Psychologen anvertrauen. Mehr über die Methoden einer solchen Psychotherapie können Sie ab Seite 83 dieses Buches nachlesen.

Auswirkungen des Geltungsstrebens

Und nun ein Beispiel über die Auswirkungen des Geltungsstrebens auf das Selbstbewußtsein. Jeder Mensch besitzt wie den Sexualtrieb ein Geltungsstreben. Das Geltungsstreben wird nicht als Geltungs»trieb« bezeichnet, weil ein Trieb eine organische Grundlage hat. (Der Sexualtrieb ist z. B. an die Sexualorgane und Sexualhormone gebunden.)

Das Geltungsstreben ist zwar kein Trieb, aber es ist ein elementares Streben wie das Streben nach sexueller Befriedigung. Man kann von einem Menschen sexuelle

Askese fordern (z. B. von katholischen Geistlichen), die mit mehr oder weniger starken seelischen Störungen überstanden wird, aber eine viel schlimmere Tortur ist der Verlust der Geltung.

Bestätigung und Anerkennung

Jeder Mensch möchte sich bestätigen und anerkannt werden. Wer nicht anerkannt wird, also nichts gilt vor sich selbst und den Mitmenschen, empfindet das Leben als sinnlos. Es bekommt erst Sinn durch Anerkennung. Und trotzdem sind viele Menschen in ihrem Geltungsstreben gehemmt. Sie haben Angst vor ihrem Drang nach Geltung und unterdrücken ihn.
Wenn das Geltungsstreben gehemmt ist, wirkt ein Mensch äußerlich besonders unsicher. Er gibt sich demütig und unterwürfig.

Angst vor Geltungsstreben

Ein Beispiel soll die Angst vor der Entfaltung des Geltungsstrebens illustrieren. Herr Buber ist in kleinbürgerlichen Verhältnissen aufgewachsen. Er ist kaufmännischer Angestellter und gilt unter seinen Kollegen als unterwürfig, demütig und bescheiden. Diese Eigenschaften werden nicht für voll genommen, deshalb wird Herr Buber von in ihrem Geltungsbedürfnis ungehemmteren Kollegen attackiert und gehänselt. Er ist die Zielscheibe ihres Spottes, macht aber stets eine gute Miene zu dem bösen Spiel.

Die Rangordnung

Nach Feierabend war Herr Buber oft in einem Kegelklub, wo er beim Kegeln große Geschicklichkeit bewies. Auf einem Betriebsausflug war in der Gaststätte zufällig eine Kegelbahn und die Kollegen von Herrn Buber, die wenig Erfahrung im Kegeln hatten, vergnügten sich beim Kegeln. Herr Buber machte natürlich begeistert mit. Was, glauben Sie, geschah jetzt? Wollte Herr Buber nun einmal richtig demonstrieren, was er konnte? Normalerweise würde man annehmen, daß er froh ist, sein Können zu zeigen – wenn sein Geltungsstreben nicht gehemmt wäre. Herr Buber kegelte unbewußt nicht besser als seine Kollegen, sondern eher schlechter. Er hatte Angst, zu zeigen, wie gut er kegeln konnte. Er konnte seine Fähigkeiten nicht ungehemmt entfalten, um die Rangordnung nicht durcheinanderzubringen.

Gehemmtes Geltungsstreben

Der Fall erscheint grotesk. Aber er zeigt anschaulich, welchen Einfluß ein gehemmtes Geltungsstreben auf das Leben eines Menschen haben kann. Das gehemmte Geltungsstreben äußert sich als Selbstunsicherheit. Und tatsächlich kann ein gehemmter Mensch kein starkes Selbstbewußtsein zeigen. Er wird sich immer wieder in der Rolle des Unsicheren, Demütigen bestätigen. Natürlich macht ein gehemmtes Geltungsstreben nicht glücklich. Herr Buber ist mit seinem Verhalten und seiner Rolle unzufrieden. Aber er findet aus dieser Rolle nicht heraus, auch wenn er es sich bei klarer Überlegung vornehmen würde. Seine Geltungshemmung ist so tief und fest verwurzelt, daß sie durch Argumente über den Verstand nicht abgebaut werden kann. Herr Buber ist aus diesem Grund zur Mittelmäßigkeit »verurteilt«. Er müßte seine Vergangenheit aufarbeiten und eine neue Einstellung zu den Mitmenschen und zu sich selbst gewinnen, um selbstbewußter zu werden. Er müßte sein Selbstbewußtsein vor allem zeigen können. Aber gerade davor hat er Angst.

Verdrängung ist eine Abwehr

Die Angst vor den eigenen Impulsen und Wünschen führt zur sogenannten »Verdrängung«. Diese Bezeichnung stammt von Anna Freud, der Tochter Sigmund Freuds, die das Werk ihres berühmten Vaters auf dem Gebiet der Abwehrmechanismen weiterentwickelte.
Die Verdrängung ist ein Abwehrmechanismus. Was das ist, soll auf den folgenden Seiten erklärt werden, weil dieser Vorgang zum Verständnis des eigenen und fremden Seelenlebens sehr wichtig ist.

Abwehrmechanismus: Angst vor sich selbst

Ein Beispiel für den Abwehrmechanismus Verdrängung zeigt die Angst des Menschen vor sich selbst. Der zehnjährige Junge Paul wird von seiner Mutter ungerecht geschlagen. Das läßt er sich nicht gefallen, und er beschimpft seine Mutter laut und aggressiv. Da die Mutter sehr empfindlich ist, nimmt sie die Aggression von Paul wichtig und bestraft ihn dafür mit Nichtachtung. Sie spricht kaum noch mit ihm und erklärt ihm auch nicht den Grund für ihr Verhalten.
Der Entzug von Geborgenheit und Liebe ist für Paul

eine fürchterliche Strafe. Als er drei Monate später wieder einmal ungerecht behandelt wird, wollen sich erneut aggressive Impulse melden. Aber Paul bekommt Angst vor den späteren Folgen »Liebesentzug«. Seine Aggressivität wird nicht in die Tat umgesetzt, sondern abgewehrt und verdrängt.
Die Zeichnung zeigt schematisch, wie eine Verdrängung funktioniert. Das Motiv (aggressives Handeln) steigt aus dem Unterbewußtsein ins Bewußtsein, aber es wird sofort aus dem Bewußtsein wieder ins Unterbewußtsein verdrängt:

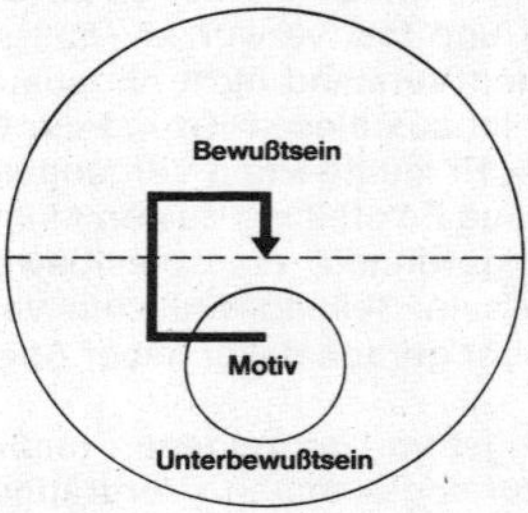

Angst vor Liebesverlust

Wenn Paul erwachsen ist, spielt sich derselbe Verdrängungsmechanismus z. B. gegenüber seinem Chef und seiner Ehefrau ab. Sobald er aggressive Impulse spürt, verdrängt er sie aus Angst vor Liebesverlust und Verlust der Geborgenheit. Er kann diese Folgen nicht ertragen und hält sich für ohnmächtig, etwas dagegen zu tun.

Nicht nur aggressive Impulse werden auf diese Weise verdrängt, auch sexuelle Bedürfnisse, sofern ein Sexualpartner z. B. durch die Ehe als tabu gilt.

Die Verdrängung ist nicht der einzige Abwehrmechanismus. Es gibt viele Wege, die Wahrheit vor sich selbst zu verschleiern. Der Mensch kann sehr oft der Wahrheit nicht offen ins Gesicht blicken und gestaltet seine Erlebnisse und Erfahrungen deshalb nach seinen Wün-

schen um. Auf diese Weise erscheint ihm sein Leben und die Umwelt erträglicher.
Die meisten Menschen haben Angst vor wirklicher Selbsterkenntnis. Sie sind zwar neugierig zu erfahren, wie sie sind, aber sie wollen sich nur in ihrem positiven Selbstbild bestätigt sehen.

Ein interessantes Experiment

Machen Sie jetzt einmal ein interessantes Experiment. Entwerfen Sie Ihr Selbstbild und vergleichen Sie es mit der Fremdeinschätzung Ihrer Mitmenschen. Das ist interessant und zeigt Ihnen, worin Sie sich eventuell über- oder unterschätzen. Zum Vergleich erfahren Sie, wie Sie von Ihren Mitmenschen eingeschätzt werden. Das muß natürlich keinesfalls der Realität entsprechen. Vielleicht sind Sie ganz anders. Aber das Experiment gibt Ihnen die Möglichkeit, sich mit sich selbst und der Einschätzung Ihrer Mitmenschen auseinanderzusetzen. Wenn Sie die Einschätzung Ihrer Mitmenschen ziemlich kaltläßt, ist Ihr Selbstbewußtsein vom Urteil Ihrer Mitmenschen unabhängig.

Die Selbsteinschätzung

Kreuzen Sie in der Tabelle »Selbsteinschätzung« an, wie die zehn aufgeführten Persönlichkeitseigenschaften in Ihnen nach Ihrer Meinung ausgeprägt sind.

Selbsteinschätzung

Name Datum

10 Persönlichkeits-eigenschaften	sehr stark	stark	durchschn. Tendenz nach stark	durchschn. Tend. nach schwächer	schwächer
Selbstsicherheit					
Optimismus					
Vorsicht					
Unabhängigkeit					
Selbstlosigkeit					
Menschenkenntnis					
Belastbarkeit					
Toleranz					
Ehrgeiz					
Einfühlungsvermögen					

Die Fremdeinschätzung

Verbinden Sie die zehn Kreuze zu einer Profilkurve. Lassen Sie jetzt in den Tabellen »Fremdeinschätzung« die zehn Persönlichkeitseigenschaften von Freunden und Bekannten einschätzen. Ihre Bekannten sollen ankreuzen, wie sie Sie einschätzen. Natürlich sollen sie versuchen, ehrlich zu sein.

Fremdeinschätzung

Name Einschätzung von

10 Persönlichkeits-eigenschaften	sehr stark	stark	durchschn. Tendenz nach stark	durchschn. Tend. nach schwächer	schwächer
Selbstsicherheit					
Optimismus					
Vorsicht					
Unabhängigkeit					
Selbstlosigkeit					
Menschenkenntnis					
Belastbarkeit					
Toleranz					
Ehrgeiz					
Einfühlungsvermögen					

Sie werden feststellen, daß Sie von verschiedenen Personen ziemlich unterschiedlich eingeschätzt werden. Vergleichen Sie dann die Fremdeinschätzungen mit Ihrer Selbsteinschätzung. Auch hier werden Sie erstaunt sein, daß die Übereinstimmung nicht sehr groß ist.
Sicher haben Sie die Fremdeinschätzung Ihrer Freunde mit großer Neugierde studiert. Vor allem, wenn Ihr Selbstbewußtsein gering ist, macht Sie jede negative Einschätzung unruhig und ärgerlich.

Selbsterfahrung ist nützlich

Ihre Selbstsicherheit ist gut ausgeprägt, wenn Sie die Fremdeinschätzungen als eine Möglichkeit der Selbsterfahrung betrachten können, aber die Ergebnisse nicht überbewerten. Selbstsicherheit zeigt sich nämlich in weitgehender Unabhängigkeit vom Urteil der Mitmenschen. Der Selbstsichere hat keine Angst vor sich selbst und dem Urteil der anderen. Er entfaltet seine Eigenschaften, ohne über ihre Ausprägung nachzudenken. Er fühlt sich mit sich selbst in Einklang.

Angst vor anderen Menschen

Die Fremdeinschätzung hat Ihnen gezeigt, ob Sie das Urteil Ihrer Mitmenschen fürchten. Diese Furcht entsteht, weil Sie glauben, eine negative Eigenschaft zu haben, die niemand entdecken soll. Oder auch, weil Sie einfach nicht damit fertig werden, daß Sie nicht so gut beurteilt werden, wie Sie selbst gerne sein wollen. Das übergroße Wunschbild (aus Unsicherheit) wird eventuell zerstört. Vor dieser Erkenntnis steckt man gerne den Kopf in den Sand.

Angst vor Autorität

Weitreichende Folgen hat die Angst vor Mitmenschen, die als Autoritäten gelten. Diese Angst und die damit verknüpfte Selbstunsicherheit wird von den meisten als sehr unangenehm und störend erlebt. Wenige Menschen sind davon ganz frei. Der Grund für diese Tatsache ist die »autoritäre« Erziehung und die entsprechenden prägenden Erfahrungen in der Kindheit.

Ein Beispiel für die Autoritätsangst: Herr Meiners verliert stets sein Selbstbewußtsein, sobald er zu seinem Chef gerufen wird oder in einer Konferenz von seinem Chef angesprochen wird. Herr Meiners ist seinen Kollegen gegenüber normal selbstsicher, nur sobald der Chef auftaucht, bekommt er leichte Magenschmerzen und seine Handflächen werden feucht.

Herr Meiners hat diese Unsicherheit zum Glück nicht bei anderen Autoritäten, wie beispielsweise Chefs anderer Firmen, mit denen er manchmal verhandeln muß. Für die Autoritätsangst Herrn Meiners' gibt es eine Erklärung, die ihm selbst nicht bewußt ist.

Erinnerungen aus der Schulzeit

Herr Meiners hatte in seiner Schulzeit einen Mathematiklehrer, der seinem Chef äußerlich ähnlich sah. Aber die Ähnlichkeit ist nicht so stark, daß sie Herrn Meiners direkt ins Auge sprang. Der Mathematiklehrer konnte den Schüler Meiners nicht leiden. Er benutzte seine Autorität, um ihn lächerlich zu machen. Der Schüler Meiners hatte schließlich solche Angst vor den Mathematikstunden, daß er an den Händen schwitzte, Magenschmerzen bekam und manchmal sogar die Stunden schwänzte. Im Zeugnis hatte der Schüler Meiners in Mathematik bei diesem Lehrer stets eine 5.

Projektion von Eigenschaften

Den ehemaligen Lehrer hat Herr Meiners längst vergessen, aber in der Tiefe seiner Psyche sind die damaligen seelischen Verletzungen noch gut aufbewahrt. Sobald er einer Autorität begegnet, die äußerlich dem ehemaligen Lehrer etwas gleicht, projiziert Herr Meiners unbewußt dieselben Eigenschaften in diese Person, und es melden sich Angstsymptome.

Die Angst von Herrn Meiners war leicht aufzuklären. Es gibt viele Menschen, die nicht nur vor einem Autoritätstyp unsicher und ängstlich werden, sondern generell bei der Begegnung mit Autoritäten. Das ist der Fall, wenn jemand in seiner Kindheit und Jugend grundsätzlich von Autoritäten enttäuscht wurde, vom Vater, von mehreren Lehrern, von Polizisten, Lehrherren und Chefs. Die generelle Angst vor Autoritäten ist natürlich viel schwerer zu heilen als die Angst vor einem speziellen Personentyp.

Angst vor Menschentypen

Es gibt nicht nur die Angst vor Autoritäten, sondern auch die Angst vor bestimmten Menschentypen. Ein Beispiel: Frau Ahlborn hatte in ihrer Jugend eine rothaarige Freundin, die ziemlich dick war. Von dieser Freundin wurde sie mehrmals sehr enttäuscht und bei einem Streit geschlagen.
Nun bekam Frau Ahlborn eine neue Kollegin, die rothaarig und ziemlich dick war. Die Kollegin sah also der ehemaligen Freundin ähnlich. Was jetzt passierte, können Sie sich sicher denken. Frau Ahlborn verkrampfte sich jedesmal, wenn sie der Kollegin auf dem Flur begegnete, und schwitzte am ganzen Körper. Sie konnte

zu der Kollegin keine selbstsichere, natürliche Beziehung aufnehmen, sondern vermied jedes Gespräch. Zu ihren anderen Kolleginnen sagte sie: »Die ist mir wahnsinnig unsympathisch.«

Angst vor dem Selbstbewußtsein anderer

Und nun zu einer anderen Angst vor den Mitmenschen. Wer selbst nicht selbstbewußt ist, hat Angst vor dem Selbstbewußtsein anderer. Der Unsichere möchte aus seiner Unsicherheit herausfinden und umgibt sich deshalb gerne mit noch unsichereren Menschen, Selbstbewußte versucht er zu meiden, weil sie ihm mit ihrer Sicherheit Angst einjagen. In ihrer Gegenwart wird er sich seiner Unsicherheit besonders bewußt, davor hat er Angst.

Folgen der Angst

Ein Beispiel für diese Angstreaktion und ihre Folgen: Die Ehepaare Müller und Reinek sind seit vier Jahren befreundet. Beide Ehepaare führen eine unglückliche Ehe, worüber auch manchmal diskutiert wurde. Das Ehepaar Reinek trennt sich, weil Herr Reinek eine Geliebte hat. Frau Müller hält zu Frau Reinek. Herr Reinek erzählt Herrn und Frau Müller von seiner Geliebten. Er schwärmt natürlich von ihr und möchte mit den Müllers einen Termin vereinbaren, um seine Geliebte vorzustellen.

Was ist jetzt passiert? Normalerweise müßte man annehmen, daß die Müllers mit kritischer Spannung die Vorstellung der Geliebten erwarten. Aber es kam anders, weil Frau Müller als Ehefrau sehr unsicher war. Sie sagte Herrn Reinek, daß sie die Geliebte nicht sehen will, auch auf die Gefahr hin, daß dann die Freundschaft zu Herrn Müller zerbricht.

Die Angst vor einer Frau, die es geschafft hat, die Reinek-Ehe zu trennen, war zu groß. Es meldete sich Frau Müllers Angst vor der Begegnung mit einer nach ihrer Empfindung starken Frau. Sie wollte diese Frau nicht kennenlernen. Herr Reinek war darüber sehr enttäuscht und zog sich deswegen von dem ehemals befreundeten Ehepaar zurück.

Eigene Eigenschaften und die Mitmenschen

Der Unsichere hat Angst vor der Selbstsicherheit der Mitmenschen. Aber er hat auch Angst vor den eigenen Eigenschaften in seinen Mitmenschen. Eigenschaften und Einstellungen, die man in sich selbst entdeckt, werden auch bei den Mitmenschen vermutet.

Der Intrigant

Ein Beispiel: Herr Sommer ist ein Intrigant. Er spielt seine Kollegen gegenseitig aus, um sich dadurch einen Vorteil zu verschaffen. Da er stets nach Möglichkeiten der Intrige Ausschau hält, vermutet er, daß seine Kollegen, genauso wie er selbst, intrigieren. Er kann sich nicht vorstellen, daß die anderen nicht an Intrige denken. Aus diesem Grund hat Herr Sommer natürlich ständig Angst vor den Intrigen seiner Kollegen.

Wer selbst lügt ...

Das gilt auch für andere Eigenschaften. Wer selbst lügt, glaubt auch, daß er von anderen belogen wird. Wer seine Frau betrügt, ist rasend eifersüchtig, weil er glaubt, daß auch seine Frau ihn betrügt. Eigene Vorstellungen und Verhaltensweisen werden in andere Menschen hineinprojiziert. Das Unrecht, das man anderen tut, fällt auf einen selbst zurück, es erzeugt die Angst, daß andere einem noch mehr Unrecht zufügen werden.
Wer sich dagegen sozial und hilfsbereit verhält, fürchtet weniger das asoziale Verhalten seiner Mitmenschen, er fühlt sich sicherer, geborgener und angstfreier. Das ist deshalb die richtige Basis für eine gute Selbstsicherheit.

Ist geringes Selbstbewußtsein angeboren?

Tiere besitzen mehr angeborene Eigenschaften als der Mensch. Sie sind instinktabhängiger und haben mit ihrer Selbstsicherheit wenig Probleme. Anders der Mensch, er ist freier und kann sich aus diesem Grund bilden und entfalten. Vor allem die Selbstsicherheit ist eine Eigenschaft, die ihm nicht als unabänderliches Schicksal in die Wiege gelegt wird. Trotzdem ist er nicht alleine seines Selbstbewußtseins Schmied, denn die Erfahrungen in der Kindheit und Jugend beeinflussen das Selbstbewußtsein sehr stark. Darüber lesen Sie mehr im zweiten Kapitel »Die Gründe für geringes Selbstbewußtsein«.

Grenzen der Vererbung

Es gibt also kein angeborenes geringes Selbstbewußtsein. Auch Menschen, die mit Körpermängeln (Hasenscharte, Verkrüppelung) geboren werden, besitzen nicht zwangsläufig eine geringe Selbstsicherheit. Beobachten Sie einmal im liebenden Schutz der Familie aufgewachsene Contergan-Kinder. Sie sind durchaus selbstbewußt. Die Probleme kommen erst später, in der Schule, im Beruf, wenn die Umwelt ihre Verkrüppelung als »minderwertig« behandelt. Erst dann leidet die Selbstsicherheit. Das muß nicht so sein, wenn vorbeugend das Selbstbewußtsein durch psychologische Behandlung gestärkt wird.

Intelligenz und Selbstbewußtsein

Selbstsicherheit hat auch nichts mit Intelligenz zu tun. »Unintelligente Menschen« sind bei theoretischen Problemen gehemmt und wenig selbstsicher, weil ihre Schwerfälligkeit oft verhöhnt wird. Sie bekommen einen »Intelligenzkomplex« und sind so entmutigt, daß sie aus Unsicherheit und Angst stets erneut versagen. Sie geraten in einen Teufelskreis, aus dem sie kaum noch entrinnen können. Wer als unintelligent gilt, wird in unserem Schulsystem nicht entsprechend gefördert, sondern muß auf der Hauptschule bleiben. Sein Selbstbewußtsein auf intellektuellem Gebiet wird stets angeknackst sein.

Hohe Intelligenz ist allerdings auch keine Garantie für große Selbstsicherheit. Im Gegenteil: Gerade unter besonders intelligenten Menschen (IQ zwischen 130 bis 160) befinden sich viele Selbstunsichere. Woran liegt das? Wer sehr intelligent ist, unterliegt der Gefahr, alles rationalisieren, analysieren und verstandesmäßig erfassen zu wollen. Darunter leidet die spontane Erlebnisfähigkeit. Dieser Mangel wird dem Intelligenten bewußt. Diese Erkenntnis bedrückt ihn und macht ihn unsicher.

Außerdem besteht beim Intelligenten die Gefahr, daß er die Eigenschaft Intelligenz überbewertet. Ein Beispiel soll das illustrieren.
Der kleine Hans ist ein Einzelkind. Da die Erwachsenen sich besonders um ihn kümmern, wird er rechtzeitig gefördert und ist ein guter Schüler. Er entwickelt also bereits in frühen Jahren ein gutes intellektuelles Selbstbewußtsein. Das ist eine gute Voraussetzung für weitere erfolgreiche geistige Leistungen. Hans schafft also spielend sein Abitur und anschließend das rechtswissenschaftliche Studium. Hans ist zu einem reinen Verstandesmenschen geworden, weil er auf intellektuellem Gebiet erfolgreich war und deshalb bestärkt wurde.

Nicht entfaltete Gefühle

Auf emotionalem Gebiet war Hans dagegen stets sehr unsicher. Er konnte schlecht seine Gefühle zeigen und verlor deshalb mehr und mehr an Spontaneität. Da er keine emotionale Wärme ausstrahlte, sondern immer etwas unterkühlt intellektuell wirkte, waren ihm gegenüber auch seine Mitmenschen emotional etwas zurückhaltend. Hans suchte Selbstbestätigung vor allem auf intellektuellem Gebiet. Der emotionale Kontakt verlor für ihn immer mehr an Bedeutung. Auf diese Weise wurde seine Intelligenz für ihn immer wichtiger. Ein Mißerfolg auf diesem Gebiet wog für ihn besonders schwer, da er seine Persönlichkeit einseitig entfaltete.

Der Intelligenzkomplex

Die Folge war: Hans wurde mit zunehmenden Jahren ein Intellektueller mit »Intelligenzkomplex«. Ein Versagen auf diesem Gebiet war für ihn unerträglich, da es seine einzige Entfaltungsmöglichkeit war. Hans versuchte also immer und überall, seine Intelligenz in den Vordergrund zu spielen. Das gab ihm Sicherheit, allerdings eine leicht antastbare Sicherheit, denn jeder Mißerfolg machte ihn deprimiert und unsicher. Seine Selbstsicherheit war leicht zu zerstören, da sie durch Einbußen auf anderen seelischen Gebieten erkauft war.

Der Schönheitskomplex

Etwas Ähnliches können Sie bei sehr hübschen Frauen beobachten. Sie werden in ihrer Schönheit von der Umwelt häufig bestätigt und beobachten deshalb ihre Schönheit mit viel größerer Aufmerksamkeit als durchschnittlich hübsche Frauen. Eine schöne Frau verwendet mehr Kosmetik und sorgt sich mehr um ihr Aussehen. Sie besitzt viel Selbstsicherheit aus dem Lob der Mitmenschen, erkauft diese Selbstbestätigung aber oft mit einem »Schönheitskomplex«. Sie muß ihr Gesicht häufig im Spiegel überprüfen. Sie verschwendet viel Zeit, noch schöner zu sein, und verbraucht viel Geld für Kleidung und Kosmetik. Die Fixierung auf das Aussehen kann so stark sein, daß daraus ein Narzißmus wird, und die Möglichkeit einer gesunden Selbstsicherheit wird verspielt.

Die Gründe für geringes Selbstbewußtsein

Geringes Selbstbewußtsein ist nicht angeboren, sondern im Laufe des Lebens entstanden. Nach welchem Gesetz? Die Antwort ist einfach: Durch enttäuschende Erlebnisse (Fachausdruck: Frustrationen). Die Stärke und Anzahl der Enttäuschungen ist dabei von wichtiger Bedeutung.
Die enttäuschenden Erlebnisse müssen nicht nur von anderen Personen verursacht sein, sie können auch von einem selbst ausgehen, z. B. beim Versagen in einer Prüfung, wenn man sich schlecht vorbereitet hat.

Die Frustration und ihre Folgen

Berühmt ist in der psychologischen Wissenschaft die sogenannte »Frustrations-Aggressions-Theorie« von Dollard und einigen anderen amerikanischen Psychologen, die besagt, daß Frustrationen (Enttäuschungen, seelische Verletzungen) Aggressionen auslösen. Aber Frustrationen lösen nicht nur Angriff und Aggression aus, sondern, wie neuere Forschungen gezeigt haben, auch Regression, Fixation, Abhängigkeitsverhalten, Rückzug, Apathie, psychosomatische Symptome.

Aggression ist nur eine Folge

Frustrationen sind die Ursache für geringes Selbstbewußtsein. Alle Minderwertigkeitsgefühle sind durch Frustrationen in der Kindheit, Jugend und im späteren Erwachsenenalter entstanden. Unter geschehenen Frustrationen leiden viele Menschen ein ganzes Leben, und durch ihr verletztes Selbstwertgefühl werden sie aggressiv und verletzen (frustrieren) wieder andere Menschen, die wiederum diese Frustration als Aggression weitergeben. Die Aggression kann sich aber auch gegen die eigene Person richten, z. B. als Regression, Fixation, Rückzug, Apathie oder auch als psychosomatisches Symptom.

Ausführliche Erklärungen

Die bisher gegebenen Erläuterungen der Gründe für geringes Selbstbewußtsein waren etwas abstrakt psychologisch ausgedrückt. Um sie besser zu verstehen, folgen nun fünf Kapitel, die ausführlichere Erklärungen geben, über:

- Unterdrückende Erziehung
- Gehemmte Sexualität
- Gesellschaftsstruktur und Seelenverschmutzung
- Verhinderte Entfaltung
- Frustrationen im Umgang mit Menschen

In diesen Kapiteln wird erklärt, wie Frustrationen fortwährend die Entfaltung und Sicherheit des Menschen beeinträchtigen. Das Verständnis für diese psychologischen Zusammenhänge ist wichtig, wenn Sie Ihre Selbstsicherheit verbessern wollen. Es wird Ihnen zeigen, daß es ganz selbstverständlich ist, daß Sie kein gesundes Selbstbewußtsein besitzen. Das wird Sie beruhigen und kann Ihnen Mut geben, wenn Sie sehen, daß zwangsläufig Millionen Menschen die gleichen Probleme wie Sie selbst haben. Wenn Sie die Gründe für Ihre Minderwertigkeitsgefühle kennen, können Sie sich mutiger an die Verbesserung Ihres Selbstbewußtseins heranmachen.

Unterdrückende Erziehung

Die Erziehung spielt eine entscheidende Rolle bei der Entstehung der Selbstsicherheit oder von Minderwertigkeitsgefühlen. Die Grundlage wird im Elternhaus gelegt. Von großer Bedeutung sind dann die Erlebnisse in der Grundschule, in der Pubertät und die ersten Jahre der Berufstätigkeit.

Frühe Unterdrückung

Normalerweise wächst ein Kind nicht im freiheitlichen Klima heran, sondern sein natürlicher Entfaltungsdrang wird unterdrückt. Der Erziehungs- und Verhaltensstil von etwa 90% der Eltern, Lehrer, Chefs und sonstigen Bezugspersonen ist autoritär, trotz des Modegeredes von der »antiautoritären Erziehung«. Dieser Begriff hat sogar Schaden angerichtet, weil viele Eltern durch Fernsehberichte über antiautoritäre Kinderläden erschreckt waren und mit antiautoritärer Erziehung Anarchie, Terror, Kriminalität und Aggression verknüpften.

Mißverstandene antiautoritäre Erziehung

Die Gedanken des englischen Schulleiters Neill, dem Urheber der antiautoritären Erziehung, sind trotz seiner hohen Buchauflagen leider nicht verstanden und angenommen worden. Es wird noch lange dauern, bis seine Vorstellungen einer antiautoritären Erziehung in die Erziehungspraxis umgesetzt werden.

Vorerst wird der Erziehungsstil der Eltern weiterhin autoritär bleiben. Und autoritär wurden auch 90 % der Leser dieses Buches erzogen. Unter dieser Erziehung leiden wir alle (ich schließe mich nicht aus); aufgrund dieser Erziehung ist unser Selbstbewußtsein nicht so beschaffen, wie es idealerweise sein sollte.

Beispiel aus dem Erziehungsalltag

Ein Beispiel für die Verhinderung von Entfaltung und Selbstsicherheit aus dem Erziehungsalltag, mit dem Eltern aller Generationen konfrontiert werden. Familie Mindler hat eine fünfjährige Tochter. Sie heißt Gaby. Zum Geburtstag erhält sie einen Kasten mit Filzstiften. Gaby macht ein Bild und läuft damit zur Mutter, um ihr die Zeichnung zu zeigen. Was passiert? Frau Mindler ist von dem Bild enttäuscht, sagt aber – im günstigsten Fall – »Schön, mal weiter so«. Aber sie beschäftigt sich nicht näher mit dem Bild.

Gaby versucht ein Gespräch und sagt »Das ist eine Katze unter dem Baum, und hier ist die Sonne«. Die Mutter sagt bestenfalls »Wo sind die Blumen? Du solltest noch einige Blumen dazumalen.«

Die Eltern sind meist von Kinderzeichnungen enttäuscht, weil sie die Qualität mit dem Maßstab der Erwachsenenästhetik messen. Das ist falsch. Das Kind spürt unbewußt die enttäuschte, uninteressierte Reaktion der Eltern, auch wenn die Mutter sagt »Schön, mal weiter so«. Häufiger sagen die Mütter »Mal weiter und störe mich nicht«. Das Kind fühlt sich nicht bestätigt.

Lob und Tadel

Würde man ein Jahr lang die Erziehungsweise der Eltern beobachten und jedes Lob und jeden Tadel zählen, würde man entdecken, daß auf ein Lob zehn tadelnde Bemerkungen kommen. Eine Umfrage unter deutschen Eltern hat gezeigt, daß viele Eltern eher geneigt sind, zu strafen als zu loben. Manche glaubten sogar, daß die Erziehung ihrer Kinder auch ohne Lob möglich sei. Das geht natürlich an der Seele des Kindes nicht spurlos vorbei. Wie soll es sich für wertvoll halten, wenn es so viel falsch macht, wenn so wenig lobenswert ist?
Erwachsene und besonders Kinder können ihre Möglichkeiten nur dann voll entfalten, wenn sie das Gefühl haben, daß ihnen etwas zugetraut wird. Dies geschieht am besten dadurch, daß man sie anerkennt und lobt.

Ein Experiment

Der amerikanische Psychologe Robert Rosenthal führte dazu ein interessantes Experiment durch. Er testete zunächst die Intelligenz von 400 Schülern. Dann wählte er ganz willkürlich und ohne das Ergebnis des Intelligenztestes zu berücksichtigen Schüler aus, die er den Lehrern als besonders intelligent vorstellte.
Als Rosenthal die 400 Schüler nach einiger Zeit nochmals testete, zeigte sich bei den als besonders intelligent bezeichneten Schülern ein Leistungszuwachs, der bis zu 50 % größer war als bei den übrigen Schülern.

Der Rosenthal-Effekt

Die Erklärung dafür ist inzwischen sehr populär geworden und wird als »Rosenthal-Effekt« bezeichnet. Die Lehrer hatten den herausgestellten Kindern gegenüber positive Erwartungen, sie erwarteten gute Leistungen. Aufgrund dieses Vorurteils lobten sie jeden Ansatz einer guten Leistung, während sie kleinere Fehler »übersahen«. Bei den Schülern wirkte sich die positive Einstellung der Lehrer so aus, daß ihr Selbstvertrauen wuchs und sie demzufolge mehr leisteten.

Ein Lob kann zehn Tadel oder Strafen nicht ausgleichen. Und gestraft wird viel und hart, weil die Eltern glauben, daß nur so ein »ordentlicher Mensch« entsteht. Sie wissen nicht, daß sie ihr Kind dressieren und unterdrücken. Sie ahnen nicht, daß sie sein Selbstbewußtsein zerstören und dadurch seine Aggressivität fördern. Sie machen aus ihrem Kind einen unterwürfigen Diener aller Autorität, der seine Wut später an Sündenböcken (Ehepartner, Kindern) ausläßt, oder einen aggressiven, mit Leistung seine Minderwertigkeitsgefühle kompensierenden Karrieretyp. Im zweiten Fall halten sie ihre Erziehung für besonders gelungen.

Gewalt als Reaktion

Aber der autoritäre Erziehungsstil schafft auch den aggressiven Kriminellen, der egoistisch seine Minderwertigkeitsgefühle durch den Gewaltakt des Verbrechens zu kompensieren sucht. In diesem Fall stehen die biederen Eltern ratlos vor ihrem Erziehungsprodukt. Zu ihrer Entschuldigung muß die Vererbung herhalten: »Von wem hat er das geerbt?« Er hat es nicht geerbt, sondern ist in diese Kompensationsweise durch die Erfahrungen mit seiner Umwelt hineingeraten.
Der Kriminelle besitzt genug Vitalität und Lebensenergie, um in einem unvernünftigen Gewaltakt die ganze Misere seiner Situation und Erniedrigung seiner Person auszugleichen. Er versucht es wenigstens, und die Chancen stehen teilweise nicht einmal so schlecht. Aber Selbstbewußtsein kann er dadurch jedoch nicht erringen, das wird ihm spätestens auf der Flucht oder vor Gericht klar.

Anpassung und Ehrgeiz

Die Folgen der autoritären Erziehung sind jedoch in der Regel nicht Kriminalität, sondern Anpassung und Leistungsehrgeiz. Wäre Kriminalität die Regel, hätte sich dieser Erziehungsstil nicht durchsetzen können.

Gehemmte Sexualität

Sexualfeindliche Moral

Die Erziehung ist autoritär, vorwiegend tadelnd, und dressiert das Kind. Zu diesem Ergebnis bin ich nach der Analyse der deutschen Erziehungssituation gekommen. Die Sexualerziehung ist trotz Sexwelle, Kolle-Volksaufklärung und Freigabe der Pornografie nicht viel besser geworden.
Allgemein herrscht immer noch eine sexualfeindliche

Moral. Es wird nicht verstanden und anerkannt, daß bereits das Kind sexuelle Impulse hat, die nicht unterdrückt werden dürfen.

Psychische Gesundheit

Das Klima von etwa 70 % aller Ehen ist sexualfeindlich und unsinnlich. Diese Prozentangabe ist eine Schätzung, die auf meiner persönlichen Erfahrung als Psychologe beruht. Da eine freie Entfaltung der sexuellen Strebungen zur psychischen Gesundheit nötig ist, kann geschlossen werden, daß 70 % der Ehepaare psychisch leiden und kein gesundes Selbstbewußtsein entwickeln können.
Aber es ist ja nicht die gestörte Sexualität allein, sondern die Einflüsse der unterdrückenden Erziehung, die Einflüsse der Gesellschaftsstruktur, sowie die verhinderte Entfaltung und die Frustrationen im Umgang mit frustrierten Mitmenschen, die zusammenwirken und ein ungestörtes Selbstbewußtsein nicht zulassen.

Neuorientierung des Denkens

Die Situation erscheint ziemlich ausweglos. Wie soll der einzelne in diesem Zusammenspiel von hemmenden Faktoren sich entfalten können? Es ist nur möglich über eine gedankliche Neuorientierung, über den Weg einer Bewußtseinsveränderung. Gedanken und Einstellungen sind die Wegbereiter der Tat.

Ein Beispiel soll das illustrieren. Eine Mutter besucht die Praxis eines Psychologen, weil sie festgestellt hat, daß ihr Sohn onaniert. Da sie selbst sexuell gehemmt ist, ist sie gegen die Selbstbefriedigung eingestellt. Der Psychologe rät ihr jedoch, den Jungen weiter onanieren zu lassen und zu unterstützen, daß er Kontakt zu einer Freundin aufnimmt.

Vorurteil gegen Onanie

Millionen Mütter gehen nicht zum Psychologen, wenn sie feststellen, daß ihr Kind onaniert. Sie drohen »Laß das sein, davon wirst du krank«. Trotz Aufklärung hat sich dieses Vorurteil einer sexualfeindlichen Moral immer noch halten können. Daß trotzdem einmal eine Mutter einen Psychologen um Rat fragt, zeigt jedoch, daß sich langsam eine kleine Bewußtseinsveränderung vollzieht. Wäre die Mutter jedoch wirklich sexuell ungehemmt gewesen, hätte sie den Rat des Psychologen nicht gebraucht. So dient ihr dieser Rat als Entlastung für ihre Schuldgefühle, daß sie ihr Kind gewähren läßt.

Das Onaniebeispiel ist typisch für die ganze Situation. Die sexuellen Strebungen können sich nicht ungehemmt im Alltag entfalten. Ich begrüße es, daß Pornografie gekauft werden kann, weil es für viele verklemmte Menschen eine Bereicherung ist und zur Entfaltung ihrer aufgestauten Wünsche etwas beitragen kann. Aber daß Pornografie überhaupt ein solch immenses Geschäft für ihre Produzenten sein kann, zeigt doch, wieviel Gehemmtheit und Unterdrückung es immer noch gibt.

Ein Mensch, der seine Sexualität ungehemmt ausleben kann, ist an Pornografie wenig interessiert. Er braucht sie weder zur Stimulation seiner Ehe noch als Onaniervorlage.

Warum ist die Sexualität so vieler Menschen so unterdrückt und gehemmt? Warum sind so viele Ehepaare sexuell unzufrieden oder aneinander desinteressiert? Warum lassen sie ihr Selbstbewußtsein dadurch so drücken?

Egoismus und Konkurrenzdenken

Die Erziehung hemmt die Entfaltung der körperlichen Sinnlichkeit und der Liebesfähigkeit. In unserer Kultur wird zum Egoismus und zum Konkurrenzdenken erzogen. Ein Mensch soll vor allem Wissen erwerben, um im Beruf seinen Mann zu stehen. Die körperliche und intellektuelle Leistung steht im Vordergrund der Wertskala.
Die Erziehung lehrt den Egoismus. Nicht die Hilfe wird belohnt, sondern die eigene Leistung. In der Schule muß sich jedes Kind gegenüber den Leistungen der anderen Kinder behaupten, es muß versuchen, besser zu sein.

Gesellschaftsstruktur und Seelenverschmutzung

Die Verschmutzung und Vergiftung der Natur und menschlichen Umwelt ist in den letzten Jahren glücklicherweise immer bewußter geworden. Hier hat die Presse ihre Aufgabe der Information und Aufklärung wirkungsvoll geleistet. Eine andere Bedrohung, die unsichtbarer und geheimnisvoller vor sich geht, bleibt dagegen nach wie vor im dunkeln – die Verschmutzung und Vergiftung der menschlichen Psyche. Darüber schreibt der Psychologe Jürgen vom Scheidt 1973 in seinem beachtenswerten Buch »Innenwelt-Verschmutzung«: »Umweltverschmutzung ist ein Monstrum, das von außen her unsere Existenz bedroht. In zunehmendem Maße wird man nun darauf aufmerksam, daß es auch eine ›Verschmutzung‹ der menschlichen Seele gibt, die uns inzwischen weit mehr bedroht.«

Unbewußte Beeinflussung

Wie schwierig das Problem ist, zeigt die unbewußte Beeinflussung durch Filme mit aggressiver Handlung. Eine Untersuchung von P. Schönbach über die Nachwirkung eines James-Bond- und Mary-Poppins-Films zeigte, daß die Aggressivität der Zuschauer nach dem James-Bond-Spektakel stieg. Nach dem Mary-Poppins-Film blieb die Aggressivität dagegen auf ihrem Ausgangspunkt. Aggressive Filmhelden fördern durch die Identifikation mit ihnen aggressives Verhalten.
Gewalt und Folter durfte stets gezeigt werden, aber der nackte Mensch war bis Ende der sechziger Jahre auf dem Fernsehschirm verpönt. Das ist Psychohygiene am falschen Platz. Der nackte menschliche Körper richtet weder in der Seele eines Kindes noch in der Erwachsenenpsyche Schaden an, während das bei Filmen, die Gewalt verherrlichen, durchaus der Fall ist. Gegen Gewalt wird selten protestiert. Nach einer Untersuchung der amerikanischen Regierung nahm die Zahl der Fernsehfilme mit gewalttätigem Inhalt von 1954 bis 1963 um 300 % zu. Bei uns wird es ähnlich sein.

Gefühl für Psychohygiene

Jugendliche sind der Beeinflussung der »geheimen Verführer« besonders hilflos ausgeliefert. Von Erwachsenen erwartet man dagegen ein Gefühl für Psychohygiene. In Wirklichkeit besitzen nur wenige einen Sinn für individuelle Psychohygiene.

Deutlich wird das vor allem bei Werbung, die für gesundheitsschädliche Zigaretten Reklame macht. »Selbstbewußte, glückliche, junge, optimistische Menschen rauchen ...« Es wird also nicht nur eine Zigarette verkauft, sondern Selbstbewußtsein, Glück, Jugendlichkeit und Optimismus. Schließlich wird der Mensch total abhängig vom Konsum von Autos, Kosmetik, Zigaretten, Alkohol, bestimmten Möbeln usw., um ein vollwertiger, selbstbewußter, glücklicher Mensch zu sein. Auf dem Konsumweg sind jedoch Glück und Selbstbewußtsein nicht realisierbar.

Wenn ein Mensch jedoch einmal von diesem Irrglauben besessen ist, kommt er davon schwer wieder los. Das ganze frustrierende Erziehungssystem macht ihn anfällig dafür, an das Konsumglück zu glauben. Er arbeitet und schuftet, um sich mit dem verdienten Geld Glück zu kaufen. Woher soll er wissen, daß das nicht geht? Niemand sagt ihm das, weder der Fernseh-Kommissar, die Werbung, die Politiker, die Lehrer und Chefs. Die Psychologen und Therapeuten wissen es, aber sie können sich zu selten äußern, weil sie meist so tief in der Therapiearbeit mit ihren Patienten stekken, daß kaum noch Zeit bleibt, um sich an die Öffentlichkeit zu wenden. Sie helfen dem einzelnen Patienten und versuchen, auf diese Weise auch der Gesellschaft zu helfen. Durch breite psychologische Aufklärung könnte in Zukunft dem einzelnen und der Gesellschaft noch mehr als bisher geholfen werden.

Optimismus wirkt positiv

Die schlimmsten Seelenverschmutzungen geschehen in der Kindheit. Zum Beispiel erlebt ein Kind die Einstellung der Eltern zum Leben. Eine optimistische Lebenseinstellung beeinflußt die Seele positiv. Wer in früher Jugend in einer angstfreien optimistischen Atmosphäre heranwuchs, hat den Optimismus und den Glauben an das Positive in sich aufgenommen. Auch

in einer schwierigen Situation vertraut der Optimist auf den guten Ausgang.
Der Pessimist ist dagegen schnell verzagt. Sein Pessimismus raubt ihm den Schwung, seine Probleme anzupacken. Der Pessimismus kann eine Seele vergiften. Die negativen Gedanken wirken sich auch auf die Handlungen aus. Der Pessimist neigt schneller zu Depression und Resignation. Er raubt sich dadurch selbst den Erfolg.

Zuversicht und Kraft

Selbstbewußtsein und Optimismus sind eng miteinander verknüpft, genauso wie Minderwertigkeitsgefühle und Pessimismus. Zur Psychohygiene gehört: Umgeben Sie sich mit Personen, die durch ihren Optimismus ansteckend auf Sie wirken. Optimismus gibt Ihnen die Kraft, Schwierigkeiten zu überwinden und Frustrationen leichter zu verarbeiten.
Optimistische Gedanken wirken genauso ansteckend wie pessimistische. Der Optimismus gibt Ihnen Zuversicht und Kraft, während Pessimismus hoffnungs- und kraftlos macht.
Der Pessimist hat sich mit seinen Minderwertigkeitsgefühlen abgefunden. Er glaubt nicht an seine Fähigkeiten und den Erfolg von Plänen. Er ist durch negative Erfahrungen enttäuscht (frustriert) und hat keine positiven Erwartungen. Dadurch raubt er sich viel Lebensfreude.

Lebensfreude als Lebensziel

Lebensfreude gehört zu einem ausgeprägten Selbstbewußtsein. Wer sich selbst akzeptieren und genießen kann, der hat auch die Fähigkeit, andere Menschen zu akzeptieren. Auch aus diesem Grund sollten Sie bei der Auswahl Ihrer Bekannten psychohygienisch denken. Freunde, die sich selbst nicht leiden können, haben auch Schwierigkeiten, Sie zu akzeptieren und Ihnen mit aufgeschlossener, optimistischer Liebe zu begegnen.
Sobald Ihr Selbstbewußtsein gewachsen ist, sind Sie gegen unsichere Pessimisten immuner geworden. Dann kann ihre Unsicherheit und Resignation Sie selbst weniger beeinflussen.

Verhinderte Entfaltung

Modernes Wohnen hemmt die kindliche Entfaltung. Das zeigt ein Bericht, den Pfarrer Martin Schröter über die Neubausiedlung in Dortmund-Scharnhorst erstellt hat. In der Siedlung wohnen über 20 000 Menschen auf einem Quadratkilometer. Über 40 Prozent der Bewohner sind Kinder und Jugendliche bis 16 Jahren. Es gibt zwei Kindergärten mit insgesamt 190 Plätzen für etwa 2000 Kinder im Alter von drei bis sechs Jahren. Die Häuser, Türen, Fenster, Straßen, Wege, Zäune, Spielplätze und Sandkästen sind rechtwinklig angelegt. Die Kinder dürfen nicht auf den Rasen laufen.

Reaktion der Psyche

Diese moderne Wohnunart kann sich psychologisch in zwei Richtungen auswirken: Entweder in einer totalen Anpassung an dieses Ordnungsgefüge oder aber in einem radikalen Ausbrechen, das zu einer Ablehnung jeder Ordnung führt. Beides ist gleich negativ für die Entwicklung eines gesunden Selbstbewußtseins.

Von fast jeder Stelle der Siedlung aus trifft der Blick auf Wände, Mauern, Beton, Glas, Stahl, weiße Holzrahmen. Grau ist der Grundton, grau sind die Häuserwände, grau die Straßen und Wege. Neben dem grünen Rasen sind parkende Autos die wichtigsten Farbtupfer. Wie soll sich in dieser Ummauerung Phantasie entwikkeln? Nichts kann die Kreativität anregen. Und gerade die Kreativität ist eine wichtige Möglichkeit zur Entfaltung des Selbstbewußtseins, weil sie zur Selbstbestätigung verhilft.

Bedenkliche Symptome

Die vorhandenen Kinderspielplätze haben »keine Geheimnisse«, sie ermöglichen den Kindern nicht, Neues zu entdecken, etwas zu untersuchen oder zu erforschen. Die ersten bedenklichen Symptome haben sich schon eingestellt. Die Ärzte stellten »Pferchungsschäden« fest: Freßsucht und Kreislaufbeschwerden. Ein guter Anfang zur Besserung dieser Situation sind die sogenannten Abenteuerspielplätze.

Auch viele Erwachsene erfahren an ihren Arbeitsplätzen wenig Selbstbestätigung. Mangelnde Motivation

und mangelnde Anerkennung ihrer geleisteten Arbeit tragen nicht gerade zu einer Steigerung ihres Selbstwertgefühls bei.
Freiberuflich Beschäftigte fühlen sich eher durch ihre Arbeit befriedigt. Obwohl Freiberufler einer extremen Streßsituation ausgesetzt sind, fühlen sie sich zufrieden, weil sie sich bestätigen.

Soziale Anerkennung

Das Gefühl, bei den Mitmenschen anerkannt zu sein, spielt eine wichtige Rolle. Das Sozial-Prestige, das z. B. bei Ärzten oder Rechtsanwälten sehr hoch ist, und die Möglichkeit, neue Menschen kennenzulernen und anregende Gespräche zu führen, bringt sie dazu, sich ausgefüllt zu erleben und in ihrem Beruf einen Sinn – auch für andere – zu sehen. Dies alles bewirkt eine Steigerung des Selbstwertgefühls.

Isolation und Vereinsamung

Die Möglichkeiten der Selbstverwirklichung sind immer stärker auch im privaten Bereich eingeschränkt. Es gibt für den einzelnen kaum noch Möglichkeiten, einer Entfremdung zu entgehen. Das Wohnen in riesigen Hochhäusern, die tägliche Fahrt zur Arbeit im Auto, das keine Kommunikation mit anderen zuläßt, fördern die Isolation und Vereinsamung. Der Geschichtsphilosoph und Historiker Arnold J. Toynbee hat diese Symptome als »dritte industrielle Revolution« (Vereinzelung, Entfremdung, Streß, Neurosen) bezeichnet.

Selbstmord

Im deutschen Konsum- und Wohlstandsalltag nimmt sich jede Stunde ein Mensch das Leben. Alle 15 Minuten wird ein Versuch registriert. 1972 haben sich mehr als 13 000 Menschen in der Bundesrepublik umgebracht. In Westberlin kamen 35 Selbstmorde auf 100 000 Einwohner. Weder bevorzugte Zeiten (die Nacht zum Montag) noch die Wetterbedingungen (der Föhn) oder die Jahreszeiten sind nach Ansicht der Selbstmordforscher ausschlaggebend für den Entschluß, sich das Leben zu nehmen. Jedem Selbstmord geht meist eine Krankengeschichte voraus. Sie verläuft lautlos, jedoch keineswegs symptomlos: Der Mensch klagt über Einsamkeit und Lieblosigkeit der Umwelt. Oft aber klagt er gar nicht mehr, sondern ist apathisch und dumpf.

Ohne Liebe kein Selbstvertrauen

Der Wiener Selbstmordforscher Gernot Sonneck hat festgestellt: »Kein Mensch, der genügend Liebe empfindet, wird sich umbringen.« Psychologisch bedeutet dies, daß Menschen ohne Liebe ihr Selbstvertrauen nicht aufrechterhalten können, weil sie keine Möglichkeiten zur Selbstverwirklichung mehr sehen.
Das Schwanken des Selbstbewußtseins kann nicht nur extreme Konsequenzen wie Selbstmordabsichten nach sich ziehen, sondern auch viele andere Reaktionen, wie Kontaktschwäche, Gehemmtheit, Stottern, Erröten, Impotenz, Sucht usw.

Einsamkeit und der Sinn des Lebens

Die ungarische Psychologin Margarethe von Andics widmete ihre Dissertation der Frage: »Welche Gründe veranlassen die Menschen zum Selbstmord?«
Sie befragte 100 Personen, die in Wien einen Selbstmordversuch hinter sich hatten, aber gerettet wurden. Als wesentliche Gründe gaben diese Menschen ihre Einsamkeit (Fehlen einer Gemeinschaft) an, die dazu führte, daß ihnen das Gefühl für den Sinn des Lebens verlorenging. Keiner von ihnen gehörte einer politischen oder sonstigen Vereinigung an, und keiner hatte Freunde.

Die überwiegende Zahl der Selbstmörder stellten Menschen mit ungelernten Berufen. Ohne jede menschliche Beziehung, unfähig, aus ihrem Beruf Befriedigung zu gewinnen, fühlen sie einen nagenden Zweifel an ihrem eigenen Wert in sich aufsteigen. Ohne Verantwortlichkeit kann sich kein Selbstwertgefühl erhalten. Daraus kann man sogar schließen, daß ein Selbstmörder mit seiner Entscheidung das bißchen Selbstwertgefühl erhalten will, das ihm noch geblieben ist.

Frustrationen im Umgang mit Menschen

Frustrierende Erlebnisse (Enttäuschungen) erzeugen die Schwierigkeiten bei zwischenmenschlichen Beziehungen. Selbstbewußtsein zeigt sich im Kontakt zu den Mitmenschen. Jeder wird von den anderen nach seinem selbstbewußten Auftreten taxiert.
Wer selbstbewußt wirkt, hat im Umgang mit den Mitmenschen mehr Erfolg, er kann sich besser behaupten und durchsetzen. Der weniger Selbstbewußte oder Unsichere wird nicht ganz »für voll genommen« und dementsprechend schnoddrig behandelt. Für den Unsicheren besteht eine Teufelsspirale, aus der er nur schwer entrinnen kann.

Die Teufelsspirale des Selbstunsicheren

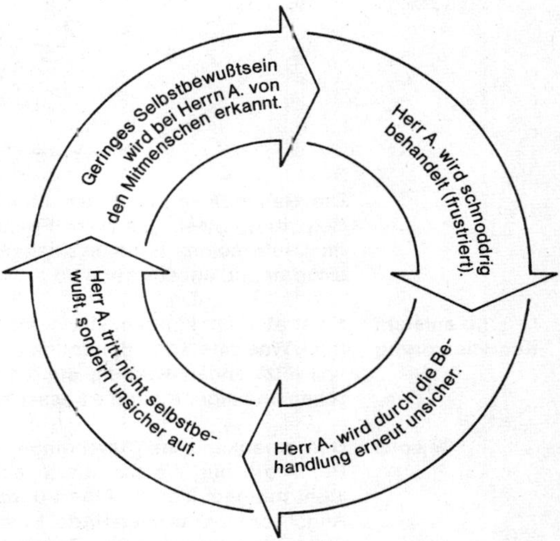

Eine Spirale existiert auch für den Selbstsicheren, für ihn ist es jedoch keine Teufelsspirale, sondern eine Spirale zur Bekräftigung seiner Selbstsicherheit.

Die Spirale des Selbstsicheren

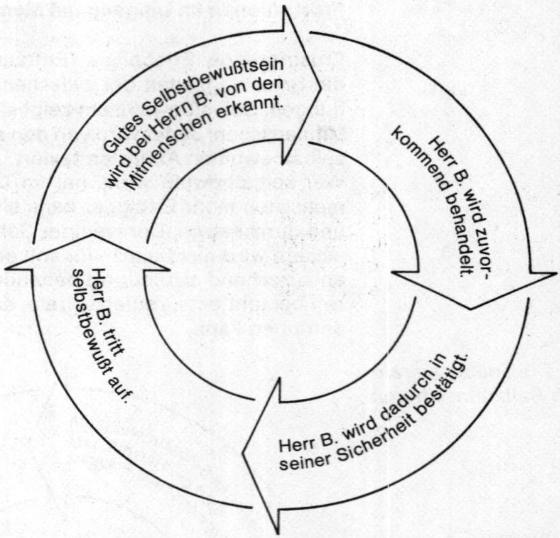

Die Behandlung durch die Mitmenschen schafft das Selbstbewußtsein. Je mehr Frustrationen ein Mensch im Laufe seines Lebens einstecken muß, um so unsicherer und ängstlicher wird er.

So entsteht Konditionierung

Frustrationen können einen Menschen »konditionieren«. Was eine Konditionierung ist und wie sie entsteht, soll jetzt erklärt werden, um die Ängste der Mitmenschen und eigene Ängste besser zu verstehen.

Beispiel

Der amerikanische Psychologe und Begründer des Behaviorismus Watson führte ein berühmtes Experiment mit dem kleinen Albert durch. Albert hatte keine Angst vor einer weißen Ratte. Er spielte mit ihr.
Ein lauter, unerwarteter Gongschlag erschreckte ihn stark. Nun ließ Watson immer den Gong ertönen, wenn Albert sich der Ratte näherte. Albert zuckte zusammen und weinte. Nach einigen Versuchen dieser Art löste bereits der Anblick der weißen Ratte in Albert Furcht

aus, auch wenn kein Gongschlag ertönte. Albert hatte also die Angst vor der Ratte durch unangenehme Begleiterlebnisse (Gong) gelernt.
Die Angst vor der weißen Ratte verallgemeinerte sich sogar. Albert hatte in Zukunft vor allen Ratten Angst, und sogar Kaninchen und Pelze lösten in ihm unbehagliche Gefühle aus. Seine Angst dehnte sich also auf Reize, die der weißen Ratte ähnlich waren, aus.

Angst vor Personengruppen

Vorlieben und Abneigungen, Sympathie- und Antipathiegefühle entstehen auf die beschriebene Weise durch Konditionierung. Wenn ein Mensch häufig Versagens- und Enttäuschungserlebnisse erfährt, z. B. im Kontakt mit bestimmten Personengruppen, entsteht durch Konditionierung Angst vor der Personengruppe. Durch die Angst ist die Selbstsicherheit gegenüber der Personengruppe herabgesetzt.

Beispiel

Ein Beispiel soll das illustrieren. Herr Mehnen war als Student sehr gesellig. Er studierte Philosophie und diskutierte gerne über den Existentialismus.
Herr Mehnen wurde auf eine Party eingeladen, die u. a. von fünf Juristen besucht wurde. Er begann auch hier mit einer Diskussion über den Existentialismus und wurde im Laufe der Diskussion von den Juristen angegriffen. Sie versuchten, seine Argumente lächerlich zu machen. Herrn Mehnen gelang es nicht, sich Anerkennung zu verschaffen. Er wurde durch die Angriffe nervös und kopflos. Seine Argumente wurden unlogischer und unsachlicher. Schließlich war die Diskussion nur noch peinlich, und Herr Mehnen verließ die Party mit einer schrecklichen »Wut im Bauch«.

Wie hat dieses Erlebnis bei Herrn Mehnen nachgewirkt? Herr Mehnen bekam in Zukunft ein unbehagliches Gefühl, wenn er in einer Diskussion erkannte, daß sein Gesprächspartner Jurist war. Er begegnete der Berufsgruppe Juristen mit besonderer Vorsicht und wurde sogar etwas unsicher. Er konnte nur noch schwer selbstbewußt diskutieren und brach die Diskussion möglichst schnell ab.

Das Beispiel zeigt wieder, wie wenig der Mensch seine seelischen Prozesse beherrscht. Der Einfluß der Konditionierung ist ein verhaltenspsychologisches Naturgesetz, das wider alle Vernunft wirksam ist.

Löschung einer Reaktion

Wie kann man sich von Konditionierungen dieser Art befreien? Nicht durch Flucht, wie sie Herr Mehnen praktiziert hat. Konditionierungen können nur »gelöscht« werden, wenn man sich dem ehemals auslösenden Reiz allmählich erneut aussetzt. Herr Mehnen sollte die Diskussion mit Juristen weiterhin suchen. Nur auf diese Weise gibt er der Konditionierung die Chance, gelöscht zu werden. Indem er sich also erneut den ehemals frustrierenden Reizen aussetzt, werden sie dadurch allmählich neutralisiert (gelöscht) – aber nur dann, wenn die Frustration ausbleibt.

Wer Angst vor Fahrstühlen hat und mit einem Fahrstuhl tatsächlich abstürzt und schließlich lebend geborgen wird, hat eine so starke seelische Verletzung erlebt, daß er wohl kaum wieder einen Fahrstuhl besteigen wird. Auch Herr Mehnen könnte das Pech haben, daß er immer wieder von Juristen angegriffen wird. Auf diese Weise würde die Konditionierung natürlich gestärkt und nicht gelöscht. Es besteht sogar die Gefahr der Generalisierung. Herr Mehnen könnte dann Angst vor Diskussionen überhaupt bekommen. Sein Selbstbewußtsein wäre dann auf diesem Gebiet sehr gestört.

Häufige Redeangst

Viele Menschen können nicht vor einer größeren Gruppe Menschen frei und ungehemmt reden. Ihr Selbstbewußtsein schrumpft vor dieser Aufgabe plötzlich zusammen. Woher kommt das? Der Grund liegt oft in der Schulzeit. Hier geschahen die ersten frustrierenden Erlebnisse.

Beispiel

Ein Beispiel für die Redeangst vor Gruppen: Herr Breuer war ein schlechter Schüler. Das lag nicht an seiner mangelnden Intelligenz, sondern an seinen Tagträumereien. Im Unterricht schweiften seine Gedanken immer in Phantasiewelten ab.

Der Lehrer sah, wenn der Schüler Breuer träumte, und er stellte ihm dann mit Hochgenuß eine Frage. Er sollte an die Tafel kommen und die Frage vor der ganzen Klasse beantworten. Der arme Schüler Breuer versagte stets kläglich. Mal lachte die Klasse, mal herrschte peinliches Schweigen. Da sich diese Erlebnisse oft wiederholten, wurde der Schüler Breuer immer unsicherer und verstockter. Er stand schließlich vor der Klasse und sagte gar nichts mehr. Er ließ den Spott seines Lehrers über sich ergehen und wartete stumm und geduldig, bis er wieder auf seinen Platz geschickt wurde.

Sprechhemmung

Herr Breuer war durch dieses Erlebnis in der Schulzeit später beruflich sehr gehandikapt. Sobald er vor einer größeren Menschengruppe sprechen sollte (Referate während des Studiums, später Berichte in Konferenzen), wurde er sehr unsicher. Er spürte eine Sprechhemmung. Daß seine plötzlich auftretende Unsicherheit auf die Schulzeit zurückzuführen war, erfuhr er erst durch ein Gespräch mit einem Psychologen.

Herr Breuer machte aufgrund seiner Intelligenz und Kreativität eine beachtliche Karriere in der Industrie als Ingenieur. Zum Glück hatte er einen verständnisvollen Chef, der ihm sagte, daß er seine Fähigkeiten sehr schätze und lediglich die Redehemmung vor Gruppen als störend empfinde. Der Chef gab Herrn Breuer den Rat, wegen dieser Störung seines Selbstbewußtseins einen Psychologen zu konsultieren.

Überwindung durch Verarbeitung

Der Therapeut fand nach wenigen Stunden den Grund in der Schulzeit. Durch Gespräche und eine Verarbeitung der frustrierenden Schulerlebnisse wurde Herr Breuer nach und nach vor Gruppen mutiger und selbstbewußter. Seine ihm bisher unverständliche Hemmung konnte er überwinden.

Das Problem von Herrn Breuer war einfach zu lösen, weil es auf einem klaren und gut zu umreißenden Problem basierte. Viel heimtückischer und schwieriger zu behandeln sind Frustrationen, die generalisierende Wirkungen haben.

Beispiel

Ein Beispiel für schwerer zu fassende Frustrationen. Herr Vetter ist gehemmt, unsicher und ängstlich. Er ist 35 Jahre alt, einfacher kaufmännischer Angestellter und noch unverheiratet.
Die Gründe für das geringe Selbstbewußtsein Herrn Vetters lassen sich aus seiner Lebensgeschichte erklären, aber sie gehen nicht auf eine einzige klar erkennbare Frustration zurück. Herrn Vetters Kindheit und Jugend bestand aus vielen verschiedenen Frustrationen. Er wurde als drittes, unerwünschtes Kind stets von seiner Mutter benachteiligt (der Vater starb ein Jahr nach seiner Geburt).
Der Junge wurde stets herumgestoßen und kritisiert. Er konnte nichts und niemandem etwas recht machen. Passierte ihm einmal ein Mißgeschick, wurde er besonders hart bestraft und mißachtet. Er konnte sein Geltungsstreben nicht entfalten. Von Anfang an erlebte er, daß seiner Person nur ein geringes Interesse und ein geringer Wert gegeben wurde.

Das Bedürfnis nach Anerkennung

In seinem Bedürfnis nach Anerkennung und Liebe wurde er zurückgewiesen. Aus diesem Grund erlebte er sich als minderwertig und nicht liebenswert. Neben seinem Geltungsstreben wurde ein zweites elementares Bedürfnis frustriert: das Sexualstreben. Da Herr Vetter nicht gut aussah und gehemmt auftrat, fand er keine Frau, die sich für ihn sexuell interessierte.

Seinen Sexualtrieb befriedigte er selbst oder bei Prostituierten. Auf diese Weise konnte er seine Liebesfähigkeit nie richtig entfalten. In seiner Seele häuften sich Frustrationserlebnisse in immer größerem Umfang. Sie wurden nicht durch positive Erlebnisse ausgeglichen.

So wurde Herr Vetter immer verbitterter und einsamer. Er fühlte sich so minderwertig, daß er keinen spontanen, liebevollen Kontakt zu Mitmenschen mehr aufnehmen konnte. Er verhielt sich immer zurückhaltender und gehemmter. Er ordnete sich den Wünschen seiner Mitmenschen unter, um durch Anpassung möglichst Kritik zu vermeiden.

Herr Vetter fand keinen Chef, der ihn fördern wollte. Niemand gab ihm den Rat, einen Psychologen aufzusuchen. Von selbst kam Herr Vetter nicht auf diese Idee, denn er hatte alle Hoffnung auf Besserung seiner Situation aufgegeben.

Hoffnung auf Heilung

Eine Hoffnung wäre für Herrn Vetter die Begegnung mit einer Frau, die ihn liebt. Da er jedoch so gehemmt und verbittert ist, daß er von sich aus nur schwer spontan zärtliche Impulse weitergeben kann, ist die Wahrscheinlichkeit, daß ihn die Beziehung zu einem liebenden Menschen heilen könnte, sehr gering.

Aufforderung zur Aktivität

Herr Vetter bleibt frustriert, gehemmt, ängstlich und verbittert. Auch wenn er an einer Buchhandlung vorbeigeht, wird ihm der Titel »Selbstbewußtsein kann man lernen« wenig Hoffnung machen. Er kauft das Buch nicht. Könnte ihm die Lektüre helfen? Ja, er würde angeregt, über die Gründe seiner Minderwertigkeitsgefühle nachzudenken, er könnte durch diesen beschriebenen Fall einen Vergleich zu seiner eigenen Situation ziehen.
Er könnte wieder Hoffnung schöpfen. Die Hoffnung besteht in der Aufforderung zur Aktivität, seine Selbstsicherheit zu überwinden. Die Erkenntnis, daß sie durch viele Frustrationen entstanden ist, ist sehr hilfreich.

Bewußtseinserweiterung

Die Frustrationen können abgearbeitet werden – durch eine Erweiterung des Bewußtseins. Die Einstellung zu den erlebten Frustrationen kann sich verändern. Aus Pessimismus kann Optimismus werden. Hoffnung auf Veränderung erzeugt den Mut, die Realität mit neuer Aktivität anzugehen.

Negative Konditionierungen können gelöscht werden. Wenn die Konditionierungen jedoch zu einer allgemeinen Lebensangst und Selbstunsicherheit geführt haben, ist eine Löschung und ein optimistischer Neuanfang sehr schwer. Herr Vetter kann eine Neugestaltung seiner Persönlichkeit und seines Lebens wahrscheinlich nur mit der Hilfe eines Psychologen erreichen.

Der Fall des Herrn Vetter klingt extrem und selten. In Wirklichkeit ist er jedoch sehr häufig. Millionen Menschen leiden unter denselben Problemen. Durch ihr unterdrücktes Geltungsstreben und ihr geringes Selbstbewußtsein verhalten sie sich angepaßt und still. Niemand fühlt deshalb eine Veranlassung, ihnen zu helfen, zumal sie nicht nach Hilfe verlangen.

Aggression schafft »Luft«

Auffallen werden Menschen, die aufgrund ihrer erlebten Frustrationen nicht angepaßt reagieren (Flucht in die Bescheidenheit), sondern aggressiv (Flucht nach vorne). Durch ihre Aggressivität wirken sie zwar nicht sympathisch, aber sie »schaffen sich Luft«. Sie reagieren ihre erlebten Enttäuschungen ab, indem sie bewußt und unbewußt andere Menschen gleichfalls enttäuschen.

Beispiel

Ein Beispiel: Herr Buber hatte Ärger im Büro. Er wurde von einem Kunden aggressiv attackiert. Er fühlte jedoch Hemmungen, sich direkt zu verteidigen, weil einige Kollegen dabeistanden. Er versuchte, den aggressiven Kunden vergebens zu beschwichtigen.

Familie als Sündenbock

Herr Buber hat also ein unangenehmes, sein Selbstwertgefühl kränkendes Erlebnis unverarbeitet in sich angestaut. Zu Hause reagiert er diesen Ärger hemmungslos an seiner Frau und seiner zehnjährigen Tochter ab. Seine Familie ist der »Sündenbock« für eine seelische Verletzung, die der Kunde Herrn Buber zufügte. Psychologen ist dieser Vorgang als »Verschiebung« schon lange bekannt. Aggressive Wünsche werden an einem Ersatzobjekt befriedigt.

Die Verschiebung als Schemazeichnung

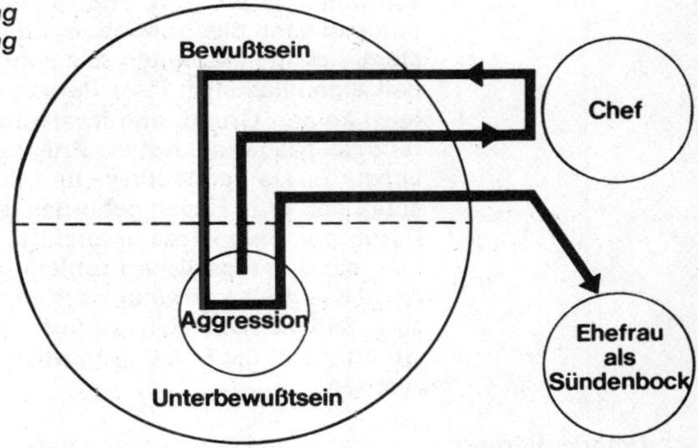

Im mitmenschlichen Kontakt geschieht dieser Prozeß häufig. Frustrationen werden an andere Menschen (Sündenböcke) weitergegeben, die sie erneut weitergeben. Das ist eine nicht endende Kette.

Frustrationen und Verbrechen

Wenn sich bei einer Person die Verletzungen ihres Selbstwertgefühls zu stark häufen, kann es zum Verbrechen kommen. Der frustrierte Mensch gibt dann sogar seine Frustrationen als Mord weiter. Der Mord ist die stärkste Verletzung, die er einer anderen Person zufügen kann. Der Mord schafft für kurze Zeit Erleichterung. Die Strafe der Gesellschaft macht dieser Erleichterung allerdings schnell ein Ende.
Wer Frustrationen empfängt und sie weitergibt, ist in einem Kreis der Frustrationen eingeschlossen. Die weitergegebenen Frustrationen fallen irgendwann wieder als Frustration auf einen selbst zurück. Wie kann man sich diesem Kreis entziehen? Nicht durch passive Duldung, indem man widerspruchslos alles einsteckt. Eine Frustration kann auch aggressionsfrei durch Verständnis für die Situation und aktive, positive Lösungsbereitschaft verarbeitet werden. Das klingt sehr abstrakt. Wie sieht das in der Realität aus?

Beispiel: Ärger im Büro

Herr Sanelli hatte Ärger im Büro. Er kommt gereizt nach Hause und versucht, mit seiner Frau einen Streit vom Zaun zu brechen. Frau Sanelli erkennt die Situation und kann die Frustration, weil sie die Ursache versteht, richtig verarbeiten. Sie erkennt, daß die Gereiztheit eigentlich nicht ihrer Person gilt. Sie hat deshalb auch keinen Grund, nun ihrerseits kränkend (frustrierend) zu reagieren. Auf die Frustrationen ihres Mannes antwortet sie verständnis- und liebevoll. Herr Sanelli spürt, daß er zu Hause geborgen ist, und erzählt seinen Büroärger. Seine Frau unterstützt ihn kräftig dabei, indem sie das ärgerliche Problem mit ihm durchspricht. Auf diese Weise gewinnt Herr Sanelli sein angeknackstes Selbstbewußtsein zurück, und es besteht kein Grund mehr, die Frustration weiter an der Familie auszutoben.

Umorientierung der Einstellung

Frustrationen können durch Verständnis und Liebe der Mitmenschen gemildert werden. Frustrationen erschüttern das Geltungsstreben und Selbstbewußtsein. Liebe stärkt dagegen die Geltung und das Selbstbewußtsein. Wer selbstbewußter werden will, sollte deshalb nicht hoffen, daß ihm mehr Selbstbewußtsein durch einige psychologische Tricks und Kniffe zufällt. Er muß selbst sehr aktiv werden und seine Einstellung umorientieren.

1. Frustrationen müssen mit verständnisvollen Menschen besprochen werden. Sie dürfen nicht nach der »Sündenbockmethode« an anderen abreagiert werden, da diese Frustrationen auf einen selbst zurückfallen.
2. Wer von seinen Mitmenschen Verständnis und Liebe erwartet, muß selbst verständnisvoll und liebesfähig sein.
3. Um selbstbewußter zu werden, muß also das Verständnis wachsen und die Liebesfähigkeit gestärkt werden.

Wie erreicht man das? Darüber hat niemand in der Schule etwas gehört, obwohl es wichtig wäre für das Lebensglück des einzelnen und der Gesellschaft. Wer könnte die Schulfächer »Selbstbewußtsein, Verständnis, Liebe« unterrichten? Dieser Lehrer müßte allerdings Psychologe und Psychotherapeut mit praktischer Erfahrung sein. Eine sozial orientierte Gesellschaft braucht diesen Lehrer.

Alltagsfrustrationen

Die frustrierenden Erlebnisse des Alltags sind so groß, daß sich eine aggressions- und angstfreie Selbstsicherheit normalerweise kaum entfalten kann. Dieses Buch kann nur einen kleinen Beitrag dazu leisten. Es versucht, Sie wach zu machen und Verständnis für die Situation Ihrer Mitmenschen und Ihre eigene Situation zu schaffen. Es kann Ihnen im zweiten Teil auch Ratschläge geben, die Sie jedoch nur mit viel Geduld und Ausdauer im Alltag näher an Ihr Ziel bringen.

Analyse der Minderwertigkeitskomplexe

Die verschiedenen Frustrationen wurden in den vorhergehenden Kapiteln ausführlich beschrieben. Aufgrund von Frustrationen in der Kindheit (z. B. häufig tadelnde und strafende Autoritätspersonen) empfindet ein Kind Gefühle der Minderwertigkeit und Unterlegenheit.
Die Minderwertigkeitsgefühle können sich auf das Aussehen beziehen, die Intelligenz, die körperliche Geschicklichkeit usw. Diese Minderwertigkeitsgefühle können chronisch werden.

Beispiel Ein Beispiel soll das illustrieren. Gisela war das dritte Kind unter fünf Geschwistern. Gisela war klein und etwas dick. Alle anderen Geschwister sahen hübscher aus. So entwickelte sich Gisela zum »Aschenputtel«. Nie wurde ihr gesagt: »Du siehst heute aber hübsch aus.« Im Gegenteil, ihre Umwelt ließ sie spüren, daß sie »zu klein« und »zu dick« war.
Gisela hatte also häufig Minderwertigkeitsgefühle bezüglich ihres Aussehens. In der Pubertät und danach wurde Gisela jedoch hübscher. Sie wirkte sexuell sogar sehr anziehend, da sie eine ausgeprägt weibliche Figur entwickelte. Jetzt gab es für sie keinen Anlaß mehr für Minderwertigkeitsgefühle. Die früheren Minderwertigkeitsgefühle wirkten jedoch noch nach. Gisela war deshalb nach wie vor sehr schüchtern und vorsichtig im Umgang mit anderen Menschen, da sie einen Minderwertigkeitskomplex hatte.

Andere Komplexe Ein Minderwertigkeitskomplex muß sich natürlich nicht nur auf die äußere Erscheinung beziehen, es gibt auch den Intelligenzkomplex (man hält sich für zu dumm), den Körperkomplex (man hält sich für zu schwach), den Gesundheitskomplex (man hält sich für kränklich) usw. Diese Komplexe hängen direkt mit der Selbstsicherheit zusammen. Wer einen Komplex auf einem Gebiet besitzt, hat hier sein Selbstbewußtsein eingebüßt.

Prägungen in der Vergangenheit

Ein Komplex ist ein sehr ernstzunehmendes Problem. Er erscheint den Mitmenschen manchmal irrational und unbegründet (z. B. bei Gisela, als sie älter wurde und von Männern sehr umschwärmt war), aber er ist trotzdem schwer zu beseitigen, weil die Prägungen der Vergangenheit mit enormer Kraft und Stärke auf die Gegenwart wirken.

Die Kompensation der Minderwertigkeitsgefühle

Der Freud-Schüler Alfred Adler entdeckte als erster Psychologe die große Bedeutung des Selbstbewußtseins und der Minderwertigkeitsgefühle. Deshalb wird seine Psychologie hier etwas näher erklärt.
Adler entdeckte die Bedeutung des Minderwertigkeitsgefühls zunächst an sich selbst. Als Junge behielt er von einer Rachitis einen Stimmritzenkrampf zurück. Das machte sich beim Weinen als Atemnot und Wegbleiben der Stimme bemerkbar. Außerdem war er klein und schmächtig.

Die Geschwisterreihe

Adler war der Zweitgeborene und erfuhr an sich selbst die Überlegenheit des »großen Bruders«. Dann wurde ein jüngerer Bruder geboren. Die Mutter mußte sich jetzt mehr um diesen »Jüngsten« kümmern. Auch darunter litt er, wie Millionen andere Kinder. Er mußte sich als Kind in sein Schicksal fügen, brachte jedoch später als Erwachsener die Kraft auf, seine Erlebnisse nachträglich in seiner psychologischen Tätigkeit für andere Menschen fruchtbar zu machen.

Adler erkannte, daß früh erlebte Minderwertigkeitsgefühle zum »Minderwertigkeitskomplex« werden können. Er entdeckte auch, daß jeder Mensch versucht, Minderwertigkeitsgefühle zu »kompensieren«. Das Geltungsstreben kann sich hierbei bis zum Größenwahn und zum Machtrausch steigern.

Dienst an der Gemeinschaft

Das Geltungsstreben darf nicht zum Egoismus pervertieren. Es muß aufgefangen werden und in die richtige Bahn kommen. Das ist erreichbar durch die Förderung

des »Gemeinschaftsgefühls«; die »Erziehung zur Gemeinschaft« ist die richtige Bewältigung der Minderwertigkeit. Das Geltungsstreben soll sich im Dienst an der Gemeinschaft erfüllen.
Während für Freud die Haupttriebfeder des Menschen in der Sexualität lag, sah Adler die Minderwertigkeitsgefühle und das dadurch angestachelte Geltungsstreben als Haupttrieb. Bei dem Kampf um Überwindung der Minderwertigkeitsgefühle prägen sich Charaktereigenschaften aus, z. B. Trotz, leichte Zornausbrüche, Herrschsucht oder auch Ängstlichkeit, Unterwürfigkeit und Unsicherheit.

Kompensation einer Schwäche

Der psychisch gesunde Mensch spielt im Lebenskampf mutig mit und lebt zum Nutzen der Gemeinschaft. Wie überwindet er seine vorhandenen Minderwertigkeitsgefühle? Am Beispiel eines Stotterers kann gezeigt werden, welche drei Möglichkeiten sich bieten, diese Schwäche zu kompensieren:

1. Der Stotterer besucht so lange therapeutische Sprachkurse, bis sein Stottern verschwindet und er sogar ein ausgezeichneter Redner wird. Er strebt womöglich an, Rundfunksprecher zu werden.
2. Das Stottern bleibt bestehen. Der Stotterer trainiert seine Sprachfähigkeit wenig, aber er strebt überdurchschnittliche Leistungen auf einem anderen Gebiet an, z. B. als Kunstmaler.
3. Das Stottern bleibt bestehen und der Betroffene flüchtet in die seelische Krankheit. Er kann durch seine Hilfsbedürftigkeit die Mitmenschen tyrannisieren und dadurch seinen Drang nach Macht und Überlegenheit befriedigen.

Freisetzung seelischer Energie

In jeder der drei Kompensationsmöglichkeiten setzt die erlebte Schwäche (Minderwertigkeit) seelische Energien frei. Die erste Kompensation ist besonders vorteilhaft, weil die Schwäche beseitigt wird, während die dritte Kompensation verfehlt ist, da der Gewinn an Überlegenheit sehr teuer für das allgemeine Lebensglück erkauft wird.
Durch die einzelnen Methoden der Kompensation wird

eine Selbstheilung versucht. Sehr häufig ist im Alltag die zweite Kompensation: Überdurchschnittliche Leistungen werden auf einem anderen Gebiet angestrebt.

Verborgene Komplexe

Viele Minderwertigkeitsgefühle gehen nicht direkt auf eine leicht sichtbare Organminderwertigkeit zurück (Stottern, Hasenscharte, Klumpfuß usw.), sondern sie sind in der Seele tief und unsichtbar verborgen. Oft wissen die betroffenen Personen selbst nicht, daß sie tief verwurzelte Minderwertigkeitskomplexe besitzen. Würde man es ihnen auf den Kopf zusagen, würden sie es spontan abstreiten.
Viele versuchen, ihre verborgenen Minderwertigkeitsgefühle in der Ehe und im Beruf zu kompensieren. Die Minderwertigkeitsgefühle und der Drang nach Geltung führen zu ehrgeizigen Leistungen und zu tyrannischem Verhalten in der (ehelichen) Partnerschaft. Wenn die Kompensation gelingt (Erfolg im Beruf, Partner läßt sich unterdrücken), dann ist das Minderwertigkeitsgefühl trotzdem noch vorhanden. Es treibt stets zu neuen Kompensationsleistungen an. Erst wenn es gelingen würde, den Minderwertigkeitskomplex bewußtzumachen und ihn zu akzeptieren, hätte die Seele ihren Frieden gefunden.

Wie der Körper bei Minderwertigkeitsgefühlen reagiert

Kinder werden leicht rot, wenn sie verlegen sind. Aber auch manche Erwachsenen leiden noch unter dem Erröten, wenn sie unsicher werden. Die meisten haben jedoch gelernt, das Erröten zu beherrschen, um sich ihre Verlegenheit oder Angst nicht anmerken zu lassen. Der Körper reagiert dann u. a. jedoch mit folgenden Symptomen:

- die Hautfeuchtigkeit nimmt zu,
- das Herz beginnt schneller zu schlagen,
- der Blutdruck steigt,
- der Atem geht schneller,
- kleine Schweißperlen bilden sich auf der Stirn,

- Schwäche in den Beinen (Gefühl, sich hinsetzen zu müssen),
- Schwindelgefühle durch Blutleere im Kopf,
- leichtes Zittern der Hände,
- Ziehen in der Magengegend,
- Übelkeit im Magen,
- Herzstiche.

Das vegetative Nervensystem

Für diese Reaktionen des Körpers ist das »vegetative Nervensystem« zuständig. Die unbewußt ablaufenden Vorgänge wie Atmung, Herzschlag, Kreislauf, Verdauung, Wasser- und Wärmehaushalt werden von diesem Nervensystem reguliert. Es hält lebensnotwendige Organfunktionen im Gleichgewicht.
Im vegetativen Nervensystem arbeiten zwei Systeme zusammen, das sympathische und das parasympathische. Durch Situationen, die einen Minderwertigkeitskomplex ansprechen (und dadurch entstehende Angst), wird in das Zusammenspiel des »vegetativen Nervensystems« eingegriffen. Deshalb lohnt es sich, dieses System etwas ausführlicher zu erklären, damit Sie wissen, was in Ihrem Körper bei auftretenden Minderwertigkeitsgefühlen geschieht.

Das bewirkt das sympathische Nervensystem

- Herzschlag wird beschleunigt,
- Blutdruck steigt,
- Arterien werden erweitert (z. B. Erröten),
- Leistungsfähigkeit der Muskeln wächst,
- Schweißsekretion wird angeregt,
- Atem wird schneller und tiefer,
- Pupillen werden weiter,
- Verdauung wird gehemmt,
- Adrenalin wird von den Nebennieren ausgeschüttet,
- Aktivität wird allgemein gesteigert.

Das bewirkt das parasympathische Nervensystem

- Herzschlag wird verlangsamt,
- Blutdruck sinkt,
- Arterien werden verengt,
- Leistungsfähigkeit der Muskeln wird schwächer,
- Schweißsekretion wird gestoppt,
- Atem wird langsamer,
- Verdauung wird angeregt und gefördert,
- Aktivität wird vermindert, Ruhe und Entspannung wird angestrebt.

Ausgeglichenes Zusammenspiel

Im Normalfall funktionieren beide Nervensysteme im ausgeglichenen Zusammenspiel. Hat z. B. das sympathische System längere Zeit gewirkt, sorgt das parasympathische System automatisch wieder für Ruhe und Regeneration. Die Atmung, der Herzschlag, die Verdauung und die Schweißsekretion – das funktioniert bei einem psychisch ausgeglichenen Menschen automatisch und normal.

Anders ist es, wenn ein Mensch nicht selbstbewußt ist, sondern Minderwertigkeitskomplexe hat, die Angst auslösen, sobald sie angesprochen werden. Dann gerät das vegetative Nervensystem aus seiner natürlichen Balance. Das sympathische oder parasympathische System beginnt zu überwiegen, und es kommt zu Beschwerden (psychosomatische Symptome).

Beispiel aus dem Berufsleben

Ein Fall, der im Alltag sehr häufig ist, soll das illustrieren. Herr Hahn ist Verkaufsleiter. Er hat sich aufgrund seines Ehrgeizes mühsam, aber erfolgreich hochgearbeitet. Den ganzen Tag über hat er im Büro Magenschmerzen, die erst abends, wenn er vor dem Fernsehapparat »ausspannt«, nachlassen.
Herr Hahn ging zum Arzt und ließ seinen Magen untersuchen. Die Untersuchung ergab jedoch keine direkte organische Ursache für die Magenschmerzen. Der Arzt sagte zu Herrn Hahn: »Sie haben eine vegetativ bedingte Magenstörung. Sie müssen aufpassen, daß die Magenbeschwerden nicht stärker werden und

im schlimmsten Fall eines Tages zu einem Magengeschwür führen. – Gönnen Sie sich mehr Ruhe.«

Die fehlende Balance

Der Arzt hat Herrn Hahn mehr Ruhe empfohlen, um das aus dem Gleichgewicht geratene vegetative Nervensystem (der Parasympathikus regte die Verdauung zu häufig an) wieder in Balance zu bringen. Wie das jedoch geschehen soll, darüber konnte der Arzt nur einen sehr allgemeinen Rat geben: »Gönnen Sie sich mehr Ruhe.«

Der Arzt hätte Herrn Hahn auch ein Psychopharmaka verschreiben können, das dämpfend und beruhigend wirkt. Aber damit wäre Herrn Hahn wenig geholfen, da er sein Symptom (Magenschmerzen) nur vorübergehend verloren hätte. Solange jedoch die Ursache für das Symptom (starker Ehrgeiz, Minderwertigkeitsgefühle, Prestigesucht) nicht beseitigt wird, hat das Psychopharmaka wenig Sinn.

Angst um Machtstellung

Nach einem halben Jahr wurden die Magenschmerzen tatsächlich stärker, weil die Firma auf Wunsch von Herrn Hahn zu seiner Entlastung einen dynamischen Stellvertreter eingestellt hat. Der Stellvertreter erschien Herrn Hahn so tüchtig, intelligent und kreativ, daß er (aufgrund seiner Minderwertigkeitsgefühle) um seine Machtstellung zu fürchten begann.

Herr Hahn ging erneut zu seinem Arzt und ließ sich untersuchen. Der Arzt überwies Herrn Hahn jetzt zu einem Psychotherapeuten. Er spürte, daß der Patient unter einer tiefer begründeten Unsicherheit litt, die sein vegetatives Nervensystem aus der Balance brachte.

Anfälligkeit eines schwachen Organs

Der beschriebene Fall Hahn ist sehr häufig. Viele Menschen reagieren mit unterschiedlichen Symptomen, z. B. mit Darmbeschwerden, Herzschmerzen oder Kreislaufstörungen (kalte Hände und Füße, Schwindelgefühle).

Der Grund dafür, warum der eine Mensch diese Symptome entwickelt und ein anderer Mensch unter völlig anderen Symptomen leidet, ist schwer zu ermitteln. Manche Forscher nehmen an, daß jeder ein individuell schwaches Organ hat, das ganz besonders leicht betroffen wird.

Manche neigen dazu, ihr sympathisches Nervensystem überwiegen zu lassen. Sie sind dadurch übertrieben fit und betriebsam. Sie leiden unter hohem Blutdruck, spüren ihren beschleunigten Herzschlag und geraten schnell ins Schwitzen. In dem beschriebenen Typ können Sie leicht den streßgeplagten Manager erkennen, der im Alter zwischen vierzig und fünfzig vom Herzinfarkt bedroht wird.

Streß und Ruhereaktion

Andere Menschen neigen dazu, ihr parasympathisches Nervensystem überwiegen zu lassen. Sie streben stets Ruhe und Entspannung an. Ihr Herzschlag geht langsam und ihr Blutdruck ist zu niedrig. Sie leiden unter kalten Händen und Füßen, weil die Arterien zu sehr verengt sind. Ihr Ruhebedürfnis ist eine Methode, um den Streß des Alltags weniger an sich heranzulassen. Da der Magen jedoch zur Verdauung angeregt wird, entsteht eine Überproduktion an Magensäure. Das führt leicht zu Gastritis, Magenschmerzen und schließlich zu Magengeschwüren.

Der Kummerspeck

Das ist jedoch nicht die einzige Möglichkeit, die zu einem Magengeschwür führt. Es gibt noch viele andere psychisch bedingte Ursachen, z. B. ein starkes Liebesbedürfnis, das nicht befriedigt wird. In der Kindheit war die Nahrungsaufnahme mit Liebe und Zärtlichkeit gekoppelt. Jedesmal, wenn ein Verlangen nach Liebe erwacht, wird auch die Magensaftsekretion angeregt, und es kommt zu Magenschmerzen, sofern nichts gegessen wird. Wer die Möglichkeit hat, stets seinen Magen zu füllen, der ist vor dem Magengeschwür ziemlich sicher, aber er ißt sich den sogenannten »Kummerspeck« an.
Darmgeschwüre entstehen nach Meinung von Psychosomatikern weniger aufgrund von Minderwertigkeitsgefühlen und geringem Selbstbewußtsein, sondern durch unbewußte Schuldgefühle (die ihrerseits die Selbstsicherheit beeinträchtigen), die zu einem Krampf der Muskulatur des Darms führen. Es kommt zur Zerstörung der Darmschleimhaut, weil die Arterien sich durch die verkrampfte Muskulatur stark verengen und sogar schließen.

Der Zusammenhang zwischen Körper und Seele

Diese beschriebenen psychosomatischen Symptome zeigen den engen Zusammenhang zwischen Körper und Seele. Auch wenn der Verstand etwas verdrängen will, läßt sich der Körper davon nicht betrügen, sondern reagiert teilweise sehr heftig.

Wenn Sie unter den beschriebenen oder anderen körperlichen Symptomen leiden, sollten Sie zunächst zu Ihrem Hausarzt gehen. Er untersucht, ob eine organische Ursache ausgeschlossen werden kann. Sind Ihre Beschwerden »vegetativ« oder psychosomatisch begründet, dann sollten Sie unbedingt ein Gespräch mit einem Psychologen oder Psychotherapeuten führen. Im übernächsten Kapitel können Sie mehr über die Heilungschancen der Psychotherapie nachlesen.

Analyse Ihrer Situation

Sie haben das Problem »Selbstbewußtsein« nun von verschiedenen Seiten psychologisch beleuchtet gesehen. Die beschriebenen Fallbeispiele zeigten Ihnen, welche Auswirkungen ein geringes Selbstbewußtsein haben kann und welche psychischen und körperlichen Prozesse sich dabei abspielen.
Aufgrund der von mir in meiner Praxis gemachten Erfahrungen besitzen 90 % der Menschen zwangsläufig ein geringes Selbstbewußtsein, weil sie aufgrund der üblichen Erziehungssituation zu häufig frustriert und an ihrer Entfaltung gehindert wurden.

Erleichterung durch Information

Sie haben sich dieses Buch gekauft, um Ihr Selbstbewußtsein zu verbessern. Ist das für einen Erwachsenen überhaupt möglich? Es ist nur dann möglich, wenn Sie aktiv mitarbeiten. Sollten Sie das Buch nur passiv durchlesen, wird Ihr Selbstbewußtsein davon nicht wesentlich stärker. Einen Gewinn haben Sie allerdings auch beim bloßen Durchlesen: Sie vertiefen dabei Ihre psychologischen Kenntnisse, und es erleichtert Sie, wenn Sie feststellen, daß nicht nur Sie unter geringem Selbstbewußtsein leiden, sondern Millionen Ihrer Mitmenschen auch.
Diese Erleichterung ist sehr nützlich. Aber im Alltagsstreß vergessen Sie das schnell wieder, wenn Sie sich nicht vornehmen, Ihr Verhalten in Zukunft aktiv darauf einzustellen und aktiv an der Veränderung Ihrer bisherigen Denkweise mitzuarbeiten.

Der zweite Schritt

Den ersten Schritt zum Aufbau Ihres Selbstbewußtseins haben Sie getan. Der zweite Schritt führt Sie zur Analyse Ihrer individuellen Situation. Dieser Schritt ist noch recht einfach. Aber bereits jetzt werden Sie zur Aktivität aufgefordert. Der letzte und schwierigste Schritt führt Sie zur Veränderung Ihres Bewußtseins. Die Analyse Ihrer Situation ist dazu die Voraussetzung.

Das Arbeitsheft Kaufen Sie sich ein unliniiertes Heft (etwa 60 leere Seiten) in einem Schreibwarengeschäft. Sie sollten jetzt vieles notieren, wenn Sie sich über Ihre Situation klarer werden. Durch die Notizen prägen Sie sich Ihre Probleme besser ein, die Ihr Bewußtsein im Alltag verdrängen will.

Nun versetzen Sie sich in Ihre Kindheit, denken Sie an Ihr frühestes Erlebnis, das Ihnen noch im Gedächtnis ist. Schreiben Sie es auf. Überlegen Sie, warum Sie sich gerade an dieses Erlebnis noch erinnern. Das kann bereits ein wichtiger Schlüssel zu Ihrer Seele sein.

Ein Experiment Und jetzt machen Sie ein »Assoziationsexperiment«. Lesen Sie die ganze Anweisung und das Beispiel durch. Erst dann beginnen Sie mit dem Assoziationsexperiment.

Die folgenden Wörter sind psychologisch interessant: Vater, Mutter, Geschwister, Haus, Liebe, Ehe, Beruf, Autorität, Angst, Schuld, Hoffnung, Freude, Sorge, Sehnsucht, Leid, Kampf, Glück, Macht. Zu diesen Wörtern wird Ihnen jetzt manches spontan einfallen. Das schreiben Sie in Ihr Heft.

Beispiel Herr Munzinger (20 Jahre alt) schrieb zum Beispiel folgendes in sein Heft:

Vater: Egoist. Ließ sich scheiden, hat sich nicht um mich gekümmert.
Mutter: Liebe. Wollte das Beste. Wollte mich nicht weglassen. Gute Frau. Versteht meine Wünsche nicht.
Geschwister: keine
Haus: Wurde von meiner Mutter geschlagen, weil ich eine Vase umwarf. Habe als Kind an der Türe gelauscht, wenn sich die Erwachsenen unterhalten haben.
Liebe: Sehne mich nach Liebe. Möchte geliebt werden. Lieblosigkeit. Dieses Wort weckt in mir unangenehme Gefühle.
Ehe: Ich möchte heiraten. Ich habe Angst vor der Ehe.
Beruf: Die Arbeit ist eine Qual. Ich möchte selbständi-

ger sein, Millionär werden. Eine gute Idee sollte man haben.
Autorität: Wenn der Chef mir zusieht, schwitze ich an den Händen. Ich will überlegen sein, mehr können, richtig mutig meine Meinung sagen. Aber die lassen mich nicht zu Wort kommen. Sie sind besser als ich. Ich fühle mich nicht so wichtig. Sie nützen ihre Macht aus. Ich habe Angst.
Angst: Kollege Erwin, er macht sich lustig über mich. Krankheit. Spinnen und Schlangen. Man nimmt mich nicht ernst. Ich kann nichts erreichen.
Schuld: Ich bin egoistisch. Ich will mit meiner Mutter nichts mehr zu tun haben. Ich will frei sein. Sexualität.
Hoffnung: Ich werde Millionär. Ich habe eine Jacht.
Freude: Fernsehen. Gisela. Spaziergang.
Sorge: Krankheit. Wie soll das weitergehen? Was sagt meine Mutter, wenn ich mir eine eigene Wohnung nehmen will?
Sehnsucht: Freiheit und Liebe auf einer Wiese. Wir schwimmen in einem Fluß und braten am Ufer die gefangenen Fische.
Leid: Ich bin krank. Meine Mutter stirbt. Ich bin im Gefängnis.
Kampf: Ich gebe meinem Chef eine Ohrfeige. Fühle mich als Nero und lasse meine Feinde verbrennen.
Glück: Lottogewinn. Schöner Urlaub. Meine Mutter heiratet wieder.
Macht: Ich möchte ein berühmter Staatsmann sein. Die Menschen jubeln mir zu. Alle hören auf mich.

Das erkennbare Problem

Das waren die Einfälle (Assoziationen), die sich Herr Munzinger zu den Reizwörtern in sein Heft notiert hat. Ich glaube, daß Ihnen sehr schnell klar wird, auch ohne Psychologie studiert zu haben, welche Probleme Herr Munzinger hat. Seine Assoziationen auf die Reizwörter sprechen eine deutliche Sprache.
Herr Munzinger möchte sich von dem Einfluß seiner Mutter lösen. Er sehnt sich nach mehr Freiheit und Entfaltung seiner Kräfte. Das Selbstbewußtsein des Herrn Munzinger ist nicht sehr groß. Er ist mit seinen Pro-

blemen ein richtiger Durchschnittsmensch, der sich nach mehr Wert und Anerkennung sehnt. Sein Hauptproblem ist die Mutter und die Sehnsucht nach Unabhängigkeit von ihr. Herr Munzinger muß außerdem noch viele Nebenprobleme lösen, um ein selbstbewußter und freier Mensch zu werden. An dieser Stelle soll darauf nicht näher eingegangen werden.
Beginnen Sie jetzt damit, in Ihr Heft Ihre eigenen Assoziationen zu den einzelnen Reizwörtern zu schreiben. Sie können viel mehr schreiben als Herr Munzinger. Je mehr Ihnen einfällt, desto besser.

Die Nebenprobleme

Wenn Sie mit allen Reizwörtern fertig sind, lesen Sie alles noch einmal durch. Schreiben Sie Ihr Hauptproblem auf. Notieren Sie dann Ihre Nebenprobleme.
Herr Munzinger notierte zum Beispiel:

1. Von der Mutter lösen.
2. Einen Partner finden, den ich liebe.
3. Mehr Einfluß gewinnen.
4. Mehr Freunde haben, mit denen ich mich offen aussprechen kann.

Träume als Hinweise

Denken Sie intensiv über Ihre Assoziationen nach. Ergänzen Sie sie nach einigen Tagen, wenn Ihnen dann mehr einfällt.
Schreiben Sie auch jeden Morgen Ihre Träume auf. Ihre Träume sind für die Analyse Ihrer Probleme sehr interessant. Die Träume sagen nichts über die Zukunft aus, sondern sie zeigen Ihnen, was Sie im Moment beschäftigt.
In Träumen melden sich Ihre Wünsche, Ängste, Befürchtungen und Probleme. Wenn Sie Ihre Träume aufschreiben und darüber nachdenken, erfahren Sie mehr über sich selbst. Ihre eigentlichen Wünsche, vor denen Sie im Alltag oft die Augen verschließen, werden Ihnen klarer.
Auch Befürchtungen, die Sie in wachem Zustand nicht wahrhaben wollen, steigen nachts im Traum hoch und drücken sich in der Traumhandlung aus. Träume können Sie warnen. Träume können Ihnen auch Mut

machen, und sie zeigen Ihnen manchmal, wie Sie ein Problem lösen können.
Sie sollten Ihre Träume in Zukunft also nicht mehr für »Schäume« halten, sondern ernsthaft darüber nachdenken. Es lohnt sich.

Diskussion über Träume

Wenn Ihnen stilles Nachdenken nicht liegt, erzählen Sie Ihre Träume einem guten Bekannten. Versuchen Sie mit ihm gemeinsam die Bedeutung des Traumes herauszufinden. Dabei wird Ihnen der Traum klarer. Außerdem kann ein solches Gespräch sehr interessant sein. Es schafft eine vertraute Atmosphäre zu Ihren Bekannten und zeigt Ihnen mehr darüber, welche Einstellungen sie haben. Sie sollten ihre Ansichten nicht übernehmen, sondern bei dem Gespräch Ihre eigene Meinung klarer herauskristallisieren.

Sind Sie seelisch labil?

Wer nur gering selbstbewußt ist, wird meist von den Mitmenschen vorschnell als labil bezeichnet. Weil das nicht richtig ist, sollen die Eigenschaften labil, stabil und sensibel nun etwas näher beschrieben werden.
Labilität wird negativ beurteilt. Der Labile ist empfindlich, nervös, leicht erregbar, launisch, impulsiv, leicht verstimmbar, ängstlich und skeptisch. Dagegen wird seelische Stabilität mehr geschätzt, denn der Stabile gilt als aufgeschlossen, unbeschwert, sorglos, durchsetzungsfähig, ausgeglichen, verläßlich und selbstbeherrscht.

Nur die wenigsten Menschen kann man exakt dem einen oder anderen der beiden Extreme zuordnen. Die meisten sind eine Mischung aus Labilität und Stabilität; sie reagieren manchmal labil und dann ein anderes Mal wieder stabil.

Was ist Ihnen wirklich wichtig?

Die seelische Labilität (geringe Festigkeit und Ausgeglichenheit) ist auf geringe Selbstsicherheit zurückzuführen. Der Mensch weiß nicht, was er will, was für

ihn richtig ist, er schwankt hin und her. Der Labile hat sich nicht festgelegt, er weiß nicht, was richtig ist, und kann sich deshalb schwer für etwas entscheiden.
Halten Sie sich für seelisch labil? Schwanken Sie häufig hin und her und wissen nicht genau, was für Sie richtig ist? Wenn ja, dann sollten Sie einmal die Dinge aufschreiben, die Ihnen im Leben wirklich wichtig sind. Sie sollten sich einen Plan machen, einen roten Faden für Ihr Leben.
Meist scheitert dieser rote Faden jedoch daran, daß Sie nicht selbstbewußt genug sind, Ihre Wünsche und Bedürfnisse mutig anzustreben.

Sensibilität ist positiv

Was hat Labilität mit Sensibilität zu tun? Muß Sensibilität genauso negativ beurteilt werden? Der sensible Mensch besitzt Einfühlungsvermögen und Intuition. Er nimmt viel mit dem Gefühl wahr und ist schnell betroffen und seelisch verletzt. Er besitzt ein leicht ansprechbares »Nervenkostüm«. Bereits auf geringe Frustrationen oder Glückserlebnisse wird heftig reagiert. Der Sensible gerät schneller in Resonanz als der Unsensible, Dickfellige.
Der Sensible muß nicht labil sein, er kann im Gegenteil sogar genau wissen, was er will. Der Sensible empfindet besonders stark und intensiv. Deshalb ist er von Frustrationen schnell in seiner Stimmung zu beeinträchtigen. Seine Fähigkeit, Frustrationen gut zu ertragen und zu verarbeiten, ist meist gering. Deshalb ist sein Selbstbewußtsein in Gefahr. Die Sensibilität wird von den Mitmenschen rasch erkannt und sie machen sich einen Sport daraus zu prüfen, wie stark sie den Sensiblen durch Sticheleien belasten können.

Einfühlungsvermögen ist wichtig

Sensibilität wird meist als Schwäche ausgelegt. In diesem Bewußtsein leben viele Sensible, sie halten sich für schwach und haben deshalb ein geringes Selbstbewußtsein.
In Wirklichkeit ist Sensibilität eine Stärke. Die Empfindungsfähigkeit und das Einfühlungsvermögen sind gut ausgeprägt. Das sind Eigenschaften, die für die Lebensbewältigung überaus wichtig sind.

Wenn Sie glauben, daß Sie sensibel sind, dann sollten Sie Ihr Selbstbewußtsein unbedingt verbessern, denn Sie leben ständig in Gefahr, daß Ihre Mitmenschen auf Ihrer Sensibilität herumtrampeln wollen und versuchen, Ihre Selbstsicherheit zu zerstören.

Sind Sie extravertiert oder introvertiert?

Machen Sie sich einmal Gedanken darüber, ob Sie eher zu den extravertierten oder introvertierten Menschen gehören. Kreuzen Sie in den Checklisten Ihre Einstellung an.

Checkliste für den extravertierten Typ

	ja	nein
1. Suchen Sie Anregung von außen?	☐	☐
2. Lieben Sie Geselligkeit?	☐	☐
3. Brauchen Sie oft Abwechslung?	☐	☐
4. Sind Sie gerne aktiv?	☐	☐
5. Reagieren Sie leicht impulsiv?	☐	☐
6. Können Sie sich nicht immer beherrschen und unter Kontrolle halten?	☐	☐
7. Verstoßen Sie manchmal gegen gesellschaftliche Spielregeln?	☐	☐
8. Handeln Sie lieber als lange zu grübeln?	☐	☐
9. Lieben Sie Betriebsamkeit um sich herum?	☐	☐

Zählen Sie nun Ihre ja-Kreuze zusammen.

Summe = ☐

Checkliste für den introvertierten Typ

	ja	nein
1. Halten Sie sich für überaus gewissenhaft?	☐	☐
2. Brauchen Sie wenig Geselligkeit?	☐	☐
3. Halten Sie sich für sehr vorsichtig?	☐	☐
4. Ziehen Sie sich gerne zurück?	☐	☐
5. Können Sie sich oft gut beherrschen und unter Kontrolle halten?	☐	☐
6. Verstoßen Sie so gut wie nie gegen gesellschaftliche Spielregeln?	☐	☐
7. Meiden Sie erregende Umweltreize und suchen Ruhe?	☐	☐
8. Denken Sie gerne über sich und ihre Mitmenschen nach?	☐	☐
9. Meiden Sie Betriebsamkeit um sich herum?	☐	☐

Zählen Sie nun Ihre ja-Kreuze zusammen.

Summe = ☐

Auswertung In welcher Checkliste haben Sie die meisten Punkte erzielt? Wenn Sie jeweils etwa gleichviel Punkte haben, sind Sie ein Mischtyp, das ist »normal«. Je größer der Punktunterschied zwischen extravertiert und introvertiert ist, um so stärker tendieren Sie zu dem entsprechenden Menschentyp (höhere Punktzahl).

Extraversion Wenn Sie mehr zum extravertierten Typ gehören, ist das günstig für die Entfaltung Ihrer Selbstsicherheit. Sie leben mehr nach außen als nach innen. Sie suchen den Kontakt mit der Umwelt aktiv und packen Ihre Probleme mutiger an als der Introvertierte.

Introversion Wenn Sie zum introvertierten Typ gehören, ist Ihr Selbstbewußtsein leichter zu erschüttern als beim Extravertierten. Wissenschaftliche Untersuchungen haben gezeigt, daß der Introvertierte Umweltreize sehr intensiv verarbeitet und leichter konditionierbar ist.

Leicht können bei ihm frustrierende Erlebnisse Spuren hinterlassen und die damit verbundenen Menschen und Gegenstände zu Angstauslösern werden. Wie das geschieht, haben Sie im Abschnitt »Frustrationen im Umgang mit Menschen« gelesen.
Der Introvertierte ist also anfälliger für Schwierigkeiten mit seinem Selbstbewußtsein. Günstig ist, wenn ein Mensch beides in sich vereinigt: Tendenzen zur Extraversion und Introversion.

Der extravertierte Zeitstil

Der Stil unserer Zeit ist extravertiert. Die meisten Menschen leben nach außen. Sie suchen Reize, Geselligkeit, Abwechslung. Sie stürzen sich in Aktivität und Betriebsamkeit. Die wichtigsten angestrebten Werte dienen der Wirkung nach außen: Auto, Kleidung, Möbel, Urlaub, Kosmetik. Man lebt nach außen, will wirken, sich durchsetzen, konsumieren und genießen.
Der introvertierte Stil ist anders. Menschen in einer introvertierten Kultur leben mehr nach innen. Sie suchen den Kontakt mit sich selbst, ihren Gedanken und Gefühlen. Sie meditieren über sich selbst und den Kosmos und betätigen sich schöpferisch: malen, dichten, musizieren. Eine Kultur dieser Art leidet weniger unter Streß wie unsere extravertierte Zivilisation.

Der extravertierte Stil kann so extrem stark werden, daß der einzelne zum Leben nach außen gezwungen wird. Er findet keine Ruhe und Möglichkeit mehr, nach innen zu leben, sich selbst und seine Gefühle intensiv zu erfahren. Auf diese Weise entartet der Mensch zu einer betriebsamen, aufgezogenen Puppe, die sich im Strom mittreiben läßt. Der einzelne kennt seine Individualität nicht. Er kann z. B. als Ingenieur eine Brücke über einen Fluß bauen oder ein fünfzigstöckiges Hochhaus errichten, aber er kennt sich selbst nicht, er kann sich nur über Reize freuen, die von außen kommen, nicht über Impulse aus seinem Innern. Vor diesen Impulsen fürchtet er sich eher, oder er weiß nichts mit ihnen anzufangen. Er kann sich selbst nicht innig erleben. Dieses Defizit eines extravertierten Lebensstils spüren viele Jugendliche, die sich in den Drogenrausch stürzen. Sie können die rein äußerlichen Werte nicht akzeptieren und suchen etwas anderes. Sie spüren, daß sie sich in einer extravertierten Welt nicht mehr richtig verwirklichen können. Den richtigen Umgang mit sich selbst haben sie nie gelernt, z. B., wie sie ihre schöpferischen Fähigkeiten und Impulse realisieren können.

Drogen zerstören das Selbstbewußtsein

Mit Drogen gehen sie auf einen Trip in ihre Innenwelt. Durch die Abhängigkeit von der Droge wird die Möglichkeit zur wachen Selbstentfaltung und inneren Freiheit jedoch genommen. Die Abhängigkeit von der Droge zerstört das Selbstbewußtsein.

Um das Selbstbewußtsein aber dreht sich alles. Der Extravertierte sucht sich durch Aktivität nach außen zu bestätigen, der Introvertierte durch die Erfahrung mit seinen Gedanken und Empfindungen. Ein psychisch ideal gesunder Mensch verwirklicht sich extravertiert und introvertiert. Beide Tendenzen wechseln sich ab und halten sich in Balance.

Sind Sie ängstlich?

Ängstlichkeit ist mit dem Selbstbewußtsein sehr eng verbunden. Der ängstliche Mensch zweifelt an seinen Fähigkeiten und seinem Wert. Bei der Begegnung mit anderen Menschen fürchtet er, unterlegen, geringwertig zu sein. Der ängstliche Mensch besitzt also zu wenig Selbstbewußtsein.

Durch das geringe Selbstbewußtsein ist die allgemeine Angstanfälligkeit erhöht. Die Angst vor der Konfrontation mit Erlebnissen, die das Selbstwertgefühl antasten, kann so groß sein, daß sogar eine allgemeine Lebensangst entsteht.

Überprüfung Ihrer Ängstlichkeit

Mit den folgenden Testfragen können Sie Ihre Ängstlichkeit überprüfen. Wenn Ihr Testergebnis Ängstlichkeit aufdeckt, besteht kein Grund entmutigt zu sein. Die weiteren Kapitel des Buches sollen Ihnen ja dabei helfen, selbstbewußter und damit auch mutiger zu werden.

Lesen Sie bitte aufmerksam die folgenden Situationen. Versuchen Sie, sich hineinzuversetzen, und kreuzen Sie unter den drei Antwortmöglichkeiten eine an, die auf Sie zutrifft. Es ist möglich, daß Sie sich mit keiner der drei Antworten ganz identifizieren können. Kreuzen Sie dann die Antwort an, die Ihnen noch am ehesten entsprechen könnte.

In einer Diskussion werden Sie von einem Gesprächsteilnehmer kritisiert. Er sagt, Sie würden unlogische Schlüsse ziehen. Wie reagieren Sie?

a) Ich bin etwas gekränkt.
b) Das läßt mich kalt.
c) Ich fühle mich innerlich sehr unbehaglich und melde mich vorerst nicht mehr zu Wort.

Sie haben sich bei einem Vortrag so verhaspelt, daß die Zuhörer lachen. Wie reagieren Sie?

a) Ich muß selbst etwas darüber lachen und erzähle es meinen Freunden.
b) Ich ignoriere diesen Vorfall.
c) Dieser Vorfall beschäftigt mich noch einige Tage.

Nach einem Mißerfolg (z. B. einer Kritik von Ihrem Chef) reagieren Sie meist so:

a) Ich bin noch einen Tag etwas schlecht gelaunt.
b) Das läßt mich kalt, denn ich werde mich demnächst anders verhalten.
c) Ich fühle mich etwas unsicher und mache mir gelegentlich Sorgen.

Sie haben bei einem Vortrag etwas nicht verstanden. In der anschließenden Diskussion können Sie Fragen stellen. Was tun Sie?

a) Sie warten ab, ob in der Diskussion Ihr Problem angesprochen wird.
b) Um sich nicht zu blamieren, verzichten Sie auf eine Wortmeldung.
c) Sie melden sich zu Wort und bitten um Klärung des unverstandenen Problems.

Sie erfahren, daß Sie in acht Wochen eine Prüfung haben. Wie verhalten Sie sich?

a) Sie verschieben Ihre Vorbereitungen auf die letzten Tage.
b) Sie arbeiten sofort sehr viel, so daß Sie schon vier Wochen vorher Ihre Vorbereitungen abgeschlossen haben.
c) Sie machen sich einen detaillierten Arbeitsplan über acht Wochen, den Sie möglichst ganz genau einhalten.

Sie haben ein Arbeitspensum abgeschlossen. Wie reagieren Sie?

a) Sie sind mit sich zufrieden.
b) Es plagt Sie der Gedanke, daß Sie es noch besser hätten machen können.
c) Sie denken über schwache Stellen Ihrer Arbeit nach und machen sich Sorgen.

Sie haben morgen eine für Sie wichtige Besprechung. Wie fühlen Sie sich?

a) Ich fühle mich unsicher.
b) Ich bin konzentriert und ruhig.
c) Ich bin etwas nervös.

Sie sind alleine in einem Aufzug, der plötzlich stehenbleibt. Was denken Sie?

a) Wäre ich doch nicht allein im Aufzug.
b) Wo ist bloß der Alarmknopf?
c) Der Aufzug ist wohl wieder zu stark beansprucht worden. Bis Hilfe kommt, dauert es sicher eine Stunde.

Sie haben eine schöne Wohnung gefunden. Der Vermieter ist mit Ihnen einverstanden, nun bittet er Sie, nächste Woche den Mietvertrag zu unterschreiben. Was denken Sie?

a) Hoffentlich bleibt er dabei.
b) Da habe ich Glück gehabt.
c) Warum will er erst nächste Woche den Mietvertrag unterschreiben?

Hatten Sie als Kind Angst vor Einbrechern, wenn Sie alleine im Haus bzw. in der Wohnung waren?

a) Nie.
b) Manchmal.
c) Öfters.

Vor einem Konzert gehen Sie durch den vollen Saal und fühlen alle Blicke auf sich gerichtet. Was empfinden Sie?

a) Es macht mir nichts aus.
b) Es macht mich etwas unsicher.
c) Ich genieße die Aufmerksamkeit der Personen.

Macht es Ihnen Spaß, unvorhergesehene Situationen zu erleben?

a) Ja.
b) Nein.
c) Kommt darauf an.

Sie sind zu einer Party eingeladen. Der Gastgeber begrüßt Sie freundlich, unterläßt es aber, Sie den anderen Gästen vorzustellen. Was tun Sie?

a) Das ist mir recht so.
b) Ich stelle mich selbst vor.
c) Ich begrüße die Personen, die ich kenne.

Was denken Sie über das Zeigen der Gefühle gegenüber fremden Personen?

a) Ich kann meine Gefühle nicht äußern.
b) Nur bei guten Freunden kann ich meine Gefühle zeigen.
c) Ich kann meine Gefühle gut zeigen.

Wie fühlten Sie sich im Laufe der letzten Woche?

a) Ich fühlte mich manchmal verkrampft und unruhig.
b) Ich fühlte mich recht häufig verkrampft und unruhig.
c) Ich fühlte mich nicht verkrampft und unruhig.

Sie haben am nächsten Tag eine Prüfung. Wie verleben Sie den Tag?

a) Ich kann den ganzen Tag nur wenig essen.
b) Ich denke ab und zu besorgt an die Prüfung und kann abends schlecht einschlafen.
c) Ich glaube, daß ich die Prüfung bestehe, und bin ziemlich gefaßt.

Bei Fahrten mit dem Zug kontrolliere ich, wenn ich im Abteil sitze,

a) nie, ob ich meine Fahrkarte noch habe,
b) mehrmals, ob ich meine Fahrkarte noch habe,
c) einmal, ob ich die Fahrkarte noch habe.

Testauswertung

In der Tabelle sind die Punkte für die Aufgaben 1–17 angegeben. Kreuzen Sie bitte den Buchstaben an, der Ihrer gewählten Antwort entspricht. In der 1. Spalte gibt es 0 Punkte, in der 2. Spalte einen Punkt und in der 3. Spalte zwei Punkte. Zählen Sie anschließend Ihre Punkte zusammen.

Aufgabe	Punkte 0	1	2	Aufgabe	Punkte 0	1	2
1	c	a	b	10	c	b	a
2	c	b	a	11	b	a	c
3	c	a	b	12	b	c	a
4	b	a	c	13	a	c	b
5	b	a	c	14	a	b	c
6	c	b	a	15	b	a	c
7	a	c	b	16	a	b	c
8	a	b	c	17	b	c	a
9	a	c	b				

Gesamtpunktzahl = ☐

In der Bewertungstabelle können Sie unter Ihrer Punktzahl nachsehen, wie ausgeprägt Ihre Ängstlichkeit ist.

Punktzahlen	Ausprägung der Ängstlichkeit
0– 6	sehr stark
7–16	stark
17–21	durchschnittlich (Tendenz nach stark)
22–26	durchschnittlich (Tendenz nach gering)
27–28	gering
29–34	sehr gering

Das bedeutet die Bewertung

Sehr starke Ängstlichkeit Angst ist für Sie ein wichtiges Problem. Sie erleben nicht nur in verständlichen und begründbaren Situationen Angst, sondern fühlen sich auch in Situationen ängstlich und bedrängt, in denen die meisten Ihrer Mitmenschen keine Probleme sehen. Sie würden gerne angstfreier, unkomplizierter und innerlich freier an die Probleme des Lebens herangehen.

Starke Ängstlichkeit

Für Sie gibt es aufgrund Ihrer Angstbereitschaft manches Problem. Dadurch komplizieren sich Ihre Lebensbedingungen. Sie beschäftigen sich häufig damit, wie Sie auf Ihre Mitmenschen wirken und ob Ihre Fähigkeiten den gestellten Anforderungen genügen.

Durchschnittlich (Tendenz nach stark)

Sie besitzen eine normale Ängstlichkeit, die im Durchschnittsbereich liegt. Innerhalb dieses Durchschnittsbereiches tendiert Ihre Ängstlichkeit zu einer stärkeren Ausprägung. In manchen Situationen kommt bei Ihnen das Gefühl der Angst auf.

Durchschnittlich (Tendenz nach gering)

Sie besitzen eine normale Ängstlichkeit, die im Durchschnittsbereich liegt. Innerhalb dieses Durchschnittsbereiches tendiert Ihre Ängstlichkeit zu einer schwächeren Ausprägung.

Geringe Ängstlichkeit

Sie besitzen eine gute Angstresistenz. Sie haben selten Angstgefühle und lösen Ihre Probleme mutig.

Sehr geringe Ängstlichkeit

Angst ist für Sie kein Problem. Sie neigen nicht zur Ängstlichkeit. Sie sind mutig und gehen ungehemmt an Schwierigkeiten heran.

Übersicht über die Methoden der Psychotherapie

In den vorangegangenen Kapiteln wurde erläutert, wie ein geringes Selbstbewußtsein entsteht und welche Auswirkungen das auf die Psyche und den Körper hat. Auswirkungen auf die Psyche sind: Unsicherheit, Gehemmtheit, Labilität, Ängstlichkeit, Pessimismus, Aggressivität, Ehrgeiz, Machtstreben (z. B. Kompensation), im schlimmsten Fall Depression, schwere Angstzustände und Selbstmord.
Auswirkungen auf den Körper sind: das vegetative Nervensystem gerät aus der Balance, Herzschmerzen, Magen- und Darmschmerzen, Kreislaufstörungen, Kopfschmerzen und Schlaflosigkeit. Im schlimmsten Fall entstehen Magen- und Darmgeschwüre, die zum Tod führen können, oder es droht der Herzinfarkt.

Unter welchen Symptomen leiden Sie selbst? Schreiben Sie Ihre seelischen und körperlichen Beschwerden in Ihr Heft und unterstreichen Sie, worunter Sie am meisten leiden. Bei körperlichen Symptomen konsultieren Sie zunächst Ihren Hausarzt. Wenn eine organische Ursache ausgeschlossen werden kann, sollten Sie sich zu einem Psychologen überweisen lassen.

Mut zur Behandlung

Leiden Sie nur unter seelischen Symptomen, z. B. starke Gehemmtheit und Ängstlichkeit, können Sie sich direkt bei einem Psychologen anmelden. Eine Psychotherapie kann dieses Buch natürlich nicht ersetzen. Deshalb rate ich Ihnen, wenn Sie sich seelisch stark belastet und in Ihrer Entfaltung beeinträchtigt fühlen, unbedingt die Behandlung bei einem Psychologen aufzunehmen. Der Sinn des Buches besteht darin, Ihnen zu helfen. Wenn es gelingt, Ihnen für eine Therapie Mut zu machen, dann hat Ihnen die Lektüre viel genützt.

Die Methoden

Der Laie weiß sehr wenig über Psychotherapie und ihre Methoden. Deshalb sollen Sie in diesem Kapitel

etwas näher darüber informiert werden. Sie können dann besser selbst entscheiden, welche Art von Therapie Ihnen am nützlichsten für Ihre speziellen Probleme erscheint.
Zunächst werden einige Berufsbezeichnungen der Therapeuten etwas näher erklärt.

Der Psychiater Der Facharzt für Psychiatrie behandelt die sogenannten Geistes- und Gemütskrankheiten, das sind z. B. Epilepsie, Schizophrenie und manisch-depressives Irresein. Zu einem Psychiater sollten Sie also nur gehen, wenn Sie unter außerordentlich schweren Symptomen leiden und der Verdacht auf eine beginnende Geisteskrankheit bestehen sollte. Bei allgemeinen Problemen mit dem Selbstbewußtsein (beschriebene Fälle) ist ein Psychiater nicht der richtige Therapeut.

Der Psychologe Die Berufsbezeichnung »Psychologe« ist nicht geschützt. Ein akademisch geschulter und wissenschaftlich geprüfter Psychologe führt die Bezeichnung Diplom-Psychologe vor seinem Namen. Diplom-Psychologen mit freier Praxis führen psychologische Tests durch und beraten Sie bei seelischen Störungen jeder Art (außer Geisteskrankheiten).
Die Hauptberatungsgebiete liegen in folgenden Problembereichen: Erziehung, Ehe, Sexualität, Beruf. Psychologen bedienen sich verschiedener Methoden, z. B. der Psychoanalyse, Suggestion, Individualpsychologie, Gesprächstherapie und der Verhaltenstherapie. Wie sich die einzelnen Methoden unterscheiden, wird noch beschrieben. Fragen Sie, bevor Sie sich bei einem Psychologen zur Beratung anmelden, nach welchen Methoden er arbeitet. Manche Psychologen haben allerdings auch eine eigene Behandlungstechnik entwickelt.

Der Psychoanalytiker Die Psychoanalyse (»Seelenzergliederung«) wurde etwa um 1889 von Sigmund Freud und Josef Breuer als Behandlung entdeckt und begründet. Der Patient sitzt dem Therapeuten nicht gegenüber, sondern liegt entspannt auf der Couch und versetzt sich u. a. in Erlebnisse aus seiner Kindheit zurück. Der Psychoanalytiker – außerhalb des Blickfeldes des Patienten – hört seinen Schilderungen zu. Das ist eine sehr vereinfachte Darstellung. Es gibt viele Psychoanalytiker, die streng nach der Methode von Sigmund Freud behandeln.

Der Psychotherapeut

Ein Psychotherapeut behandelt alle seelischen Störungen, manchmal auch Geistes- und Gemütskrankheiten. Mit der Bezeichnung Psychotherapeut ist die Behandlungsmethode nicht angesprochen. Sie sollten deshalb bei der telefonischen Anmeldung fragen, nach welcher Methode behandelt wird.

Der Psychagoge

Ein Psychagoge arbeitet fast ausschließlich in der Erziehungsberatung. Nur in seltenen Fällen berät er bei seelischen Störungen. Er überweist den Patienten zu einem Psychotherapeuten, Psychologen oder Psychoanalytiker.

Autosuggestion und autogenes Training

Der Arzt Emil Coué hat als einer der ersten die Methode der Autosuggestion bewußt in seiner Praxis zur Heilung von Krankheiten angewandt. Er schreibt: »Unser Unbewußtes braucht sich nur vorzustellen, dieses oder jenes Organ arbeite gut oder schlecht oder wir hätten diese oder jene Empfindung, so arbeitet dieses Organ wirklich gut oder schlecht, und wir haben diese Empfindung wirklich.«

Bereitschaft ist wichtig

Coué hat seinen Patienten dazu verholfen, durch Suggestion ihre Heilung zu fördern. Diese Methode funktioniert jedoch nur, wenn der Patient aktiv die Suggestion des Arztes annimmt und zur Autosuggestion macht. Coué dazu: »Man kann jemandem etwas suggerieren; wenn jedoch dessen Unbewußtes diese Suggestion nicht angenommen, sie gewissermaßen nicht verdaut hat, wobei sie sich in Autosuggestion verwandelt, bleibt die Suggestion völlig wirkungslos.«

Glaube und Vertrauen

Das zeigt, daß diese Methode stark von der Persönlichkeit des Therapeuten abhängig ist. Der Patient muß volles Vertrauen fassen und an die Wirkung der Suggestion glauben.

Die Autosuggestion nach Coué kann jeder auch selbst zu Hause durchführen. Man setzt sich bequem in einen Sessel, schließt die Augen, um nicht abgelenkt zu sein, und denkt ein paar Minuten: »Dies oder das (hier das persönliche Problem einsetzen) schwindet, dies oder jenes (hier das Gewünschte einsetzen) tritt in Erscheinung.«

Positive Vorstellung

Eine zweite wichtige Autosuggestion lautet: »Mit jedem Tag geht es mir in jeder Hinsicht immer besser und besser.« Mit dieser Autosuggestion üben das Unbewußte und die Vorstellung einen positiven Einfluß auf alle Organe des Körpers aus.

Für den Selbstunsicheren könnte der Satz so abgewandelt werden: »Mit jedem Tag werde ich in jeder Hinsicht immer selbstbewußter und selbstsicherer.« Das wird besonders vor dem Einschlafen empfohlen. Durch diese Suggestion wird das Problem zwar nicht an der Wurzel gepackt, aber die Autosuggestion stellt den gesamten Körper auf Optimismus und Glauben an mehr Selbstsicherheit um. Auf diese Weise wächst das Vertrauen zur eigenen Person, und erste Erfolge stellen sich ein, die eine bekräftigende Wirkung haben. Die auf Seite 48 beschriebene Spirale wird wirksam, und das Selbstvertrauen bessert sich langsam.
Die Methode von Coué ist viel verspottet worden. Wahrscheinlich gibt es deshalb heute kaum noch Therapeuten, die mit Hilfe Couéscher Suggestionsformeln zu heilen versuchen. Es entsteht bei Patienten, die an die Wirksamkeit der Formel nicht ganz glauben, der Eindruck der Scharlatanerie.

Durch den Siegeszug naturwissenschaftlich begründeter Heilverfahren wirkt die Coué-Methode heute »wie ein Rückschritt«. Es ist bedauerlich, daß die wissenschaftliche Forschung die Suggestion sehr stiefmütterlich behandelt hat, denn sie bietet viele Heilungschancen, die leider nicht genutzt werden.

Autosuggestion

Das »autogene Training« ist eine besondere Form der Autosuggestion. Es wurde 1920 von dem Berliner Nervenarzt Johannes Heinrich Schultz entwickelt. Das Wort »autogenes Training« bedeutet übersetzt etwa »selbsterzeugte Übung«. Das autogene Training wurde nicht so bespöttelt wie die Coué-Methode. In den letzten Jahren wurde es sogar in großem Ausmaß wiederentdeckt, Bücher, die eine Selbstanleitung beschreiben, erreichten Spitzenauflagen.

Das autogene Training ist eine komplizierte Technik, die mit einem Anleitungsbuch oder in einem Kurs auf der Volkshochschule langsam erlernt werden muß. Es eignet sich gut, um den täglichen Streß im Alltag besser zu bewältigen. Durch autogenes Training werden Sie ruhiger, und dadurch wird eine gute Voraussetzung für ein besseres Selbstbewußtsein erzielt.

Kurzbeschreibung

Das autogene Training ist für Personen geeignet, die regelmäßig Zeit finden, sich damit zu beschäftigen. Die Methode wird jetzt kurz beschrieben. Diese Kurzbeschreibung ist kein Lehrgang, sie soll Ihnen lediglich die Möglichkeit geben, an sich selbst die Frage zu stellen, ob Sie sich damit näher beschäftigen wollen. Das autogene Training ist nämlich nicht jedermanns Sache. Es gehört Geduld dazu und die Bereitschaft, die Übungen täglich regelmäßig durchzuführen.

Die drei Sitzhaltungen

Man nimmt beim autogenen Training eine der drei Haltungen ein:

1. *Die Liegehaltung.* Sie liegen auf dem Rücken, strekken die Beine aus und legen die Arme neben sich.
2. *Die Sitzhaltung A.* Sie benötigen hierfür einen »Großvatersessel« mit Kopfstütze und Armlehnen. Sie legen Ihren Kopf an die Kopfstütze und die Arme auf die Seitenlehnen.
3. *Die Sitzhaltung B.* Es genügt ein einfacher Stuhl. Sie sitzen darauf in der sogenannten »Droschkenkutscherhaltung«. Das wird in den Büchern und Kursen genau erklärt.

Die Schwereübung Sie nehmen eine der drei Haltungen ein, und die erste Übung kann beginnen.

Sie schließen die Augen und denken eindringlich »Ich bin ganz ruhig«. Dann beginnt die Schwereübung. Sie denken zunächst »Der rechte Arm ist ganz schwer«. Nach und nach werden die einzelnen Körperteile als schwer vorgestellt. Das Schweregefühl stellt sich vorerst nur leicht ein, doch es verstärkt sich von Übung zu Übung. Das Schweregefühl breitet sich nach und nach auf den ganzen Körper aus.

Der autosuggestiv erzeugte Zustand muß zurückgenommen werden, bevor man wieder aufsteht. Das geschieht nach dieser Formel: »Arme kräftig bewegen, tief Atem holen, Augen auf!« Das Zurücknehmen ist sehr wichtig. Es kann sonst eine allgemeine Schläfrigkeit zurückbleiben.

Die Wärme- und Herzübung Die Schwereübung wird etwa 14 Tage zwei- bis dreimal täglich zu festen Zeiten durchgeführt. Erst dann denkt man »Der rechte Arm ist ganz warm« usw. Das ist die Wärmeübung, die gleichfalls 14 Tage geübt wird. Dann folgt das Herzerlebnis. Nach allgemeiner Ruhe, Schwere und Wärme denkt man »Herz schlägt ruhig und kräftig«.

Warnung Personen mit Herzleiden (z. B. Herzinfarkt, Angina pectoris, Herzinsuffizienz) sollten ihren Arzt fragen, ob das autogene Training für sie geeignet ist. Sie sollten das autogene Training auch nur unter ärztlicher Anleitung durchführen.

Atemübung Nach der Herzübung folgt das Atemerlebnis. Man denkt »Atmung ist ganz ruhig«. Auch diese Übung beansprucht wieder 14 Tage. Wichtig ist: Jeder neue Übungsschritt darf nur erfolgen, wenn die vorangegangenen Schritte beherrscht werden.

Nach der Atemübung wird Wärme in der Bauchgegend erzeugt. Die Denkformel heißt »Sonnengeflecht strömend warm«. Daran anschließend folgt die Übung »Stirn ein wenig kühl«.

Autogen durchtrainierte Menschen sind zu verblüffenden Leistungen fähig. Sie können ihre Herzfrequenz steuern und die Durchblutung beeinflussen. Das ist einem Untrainierten nicht möglich.

Übungsbereitschaft ist wichtig

Das autogene Training ist eine ausgezeichnete Methode zur Beruhigung des Körpers und des gesamten Nervensystems. Leider sind viele Menschen, die mit dem autogenen Training beginnen, nicht bereit, regelmäßig zu üben. Sie geben zu früh auf, weil sie nicht schnell genug Fortschritte erzielen, oder zu nervös und extravertiert sind, um sich ruhig und gelassen auf sich selbst zu konzentrieren. Für manche Menschen kann das autogene Training dann sogar zur Belastung werden, denn trotz ihres guten Willens gelingt es ihnen einfach nicht, durchzuhalten.
Einfacher ist es natürlich, eine Beruhigungspille zu schlucken und dadurch die chemischen Prozesse im Körper zu verändern. Aber besser wäre es, wenn Sie mit der »natürlicheren« Methode des autogenen Trainings zu Entspannung und Ruhe finden würden. Noch günstiger wäre es, wenn Sie den Streß abschaffen könnten. Aber das ist in unserer Industriegesellschaft eine Utopie.

Psychoanalyse

Nach verschiedenen statistischen Untersuchungen haben bis zu 70 % aller Patienten, die einen Arzt aufsuchen, keine organisch faßbare Krankheit. Sie leiden an seelischen Störungen, die den Körper (griech. Soma) beeinflussen. Die Mediziner sprechen deshalb von psychosomatischen Symptomen. Diese Patienten fielen bisher in den Kompetenzbereich von Medizinern und Psychiatern. Der Neurologe Sigmund Freud war der erste, der seinen Patienten statt Pillen und Spritzen Gespräche verordnete und auf der »Couch« ihre Seele zu heilen versuchte. Seine psychoanalytische Therapie ist bis heute die am häufigsten angewandte Therapiemethode.

Das Unbewußte

Die Psychoanalyse beruht auf Sigmund Freuds Erkenntnissen vom Unbewußten. Er entdeckte, daß das Erleben und Verhalten jedes Menschen von Einstellungen, Wünschen und Motiven bestimmt wird, die dem Bewußtsein meist verborgen bleiben.
Warum gelangt nicht alles ins bewußte Erleben, warum wird vieles »verdrängt«? Ein Säugling äußert seine Wünsche noch spontan und unverhüllt. Wenn er Hunger hat und essen will, schreit er. Fühlt er sich wohl, lächelt er befriedigt. Doch dann setzt die Erziehung ein. Das Kind muß – »um vernünftig zu werden« – lernen, seine spontanen Wünsche zu »beherrschen« und zu »unterdrücken«, weil sie häufig im Widerspruch zu den Normen der Gesellschaft stehen und bei den Eltern kein Verständnis finden.

Freud nahm an, daß der Erziehungsprozeß besonders in den ersten Lebensjahren den Menschen so sehr verändert, daß er sich schließlich viele seiner Wünsche überhaupt nicht mehr offen eingesteht, sondern sie direkt »ins Unbewußte« verdrängt. Die verdrängten Wünsche sind damit aber nicht einfach verschwunden, sondern sie suchen in verschleierter Form nach Befriedigung. Wie kam Freud zu dieser Auffassung?

Heilung unter Hypnose

Der Pariser Neurologe G. M. Charcot und der Wiener Arzt G. Breuer behandelten hysterische Patienten (unter Hysterie versteht man körperliche Krankheiten, z. B. Lähmungen oder Sehstörungen, ohne erkennbare anatomische oder physiologische Ursachen). Breuer machte eine überraschende Entdeckung: Die hysterischen Symptome verschwanden, wenn unbewußte bzw. verdrängte Erlebnisse unter Hypnose wieder erinnert und mit starker Gefühlsentwicklung abreagiert wurden.

Die entspannende Couch

Freud stellte jedoch bald fest, daß durch diese Methode der Katharsis (griechisch: »Reinigung«) die Symptome nicht immer verschwanden und daß sich nicht alle Patienten hypnotisieren ließen. So versuchte er, die verdrängten Erinnerungen durch die »freie Assoziation« zum Vorschein zu bringen. Er forderte seine Patienten auf, sich auf eine Couch zu legen, die Augen zu schließen und ihren spontanen Einfällen freien Lauf zu lassen. Diese Technik der »freien Assoziation« bildet auch heute noch das Kernstück der Psychoanalyse. Der Patient muß alles, was ihm einfällt, mitteilen, auch was er als unangenehm oder als unsinnig und nebensächlich empfindet. Die Deutung der Einfälle ist das entscheidende Hilfsmittel der Psychoanalyse, um die Widerstände im Patienten aufzulösen und die unbewußten Motive bewußtzumachen.

Widerstände gegen die Aufdeckung

Freud fiel auf, daß es den Patienten oft schwerfiel, alle Gedanken auszusprechen. Sie behaupteten, es fiele ihnen nichts mehr ein oder aber, daß sich ihnen zu viel aufdränge, um alles zu sagen. Freud entdeckte hinter diesen Ausflüchten seiner Patienten die unbewußten Widerstände oder Abwehrmechanismen, mit denen sich die Patienten der Aufdeckung ihrer verdrängten Konflikte widersetzten. Diese Widerstände treten je nach der Persönlichkeit des Patienten verschieden auf. So neigen Intellektuelle dazu, ihre Widerstände in Form von kritischen Einwänden gegen die Analyse vorzubringen, oder sie verschieben ihre Probleme auf eine andere Ebene (Rationalisierung).

Sogenannte Übertragungen können die Therapie verhindern, aber auch sehr erleichtern. Damit ist folgendes gemeint: Der Patient wiederholt (überträgt) in seiner Beziehung zum Analytiker Einstellungen und Gefühle, die den konflikthaften Bindungen seiner frühen Kindheit entstammen (Eltern, Geschwister usw.).

Beispiel aus Freuds Praxis

Ein Fall aus Freuds Praxis soll dies verdeutlichen. Eine Patientin war mit einem Mann befreundet, der eine stellvertretende Funktion für ihren Vater hatte. Die Patientin brach die Psychoanalyse vorzeitig ab, weil Freud ihr nicht rechtzeitig ihre Ablehnung klarmachte, die sie von ihrem ehemaligen Geliebten auf ihn übertrug. Die Patientin rächte sich durch den Abbruch der Analyse genauso, wie sie sich damals an ihrem Geliebten gerächt hatte.

Sympathie für den Analytiker

Neben dieser negativen Übertragung gibt es die positive Übertragung, die sich durch Gefühle der Sympathie und des Vertrauens zum Analytiker zeigt. Wenn ein Patient seinen Konflikt mit den Widerständen durchzukämpfen hat, die in der Analyse aufgedeckt werden, muß ein starker Antrieb und Wunsch vorhanden sein, damit er nicht die frühere falsche Lösung wiederholt, also das ins Bewußtsein geholte wieder verdrängt. Dieser Antrieb entsteht in dem Verhältnis zum Arzt. Am Ende der Therapie muß die positive Übertragungsbeziehung zum Therapeuten wieder gelöst werden.

Freud erkannte, daß auch der Analytiker Gefühle auf den Patienten überträgt. Er bezeichnete dies als Gegenübertragung. Kann ein Analytiker z. B. nicht mit den Liebesansprüchen seines Patienten fertig werden, reagiert er möglicherweise mit Unsicherheit und Abwehr. Durch die Gefühlsbeteiligung wird er unfähig, die Liebeswünsche seines Patienten aufzudecken und sie ihm bewußtzumachen. Die Gefahr der Gegenübertragung soll deshalb durch die »Lehranalyse«, der sich jeder Analytiker während seiner Ausbildung unterziehen muß, eingeschränkt werden. In der Lehranalyse liegt der Analytiker selbst auf der Couch und wird mit seinen eigenen unbewußten Motiven konfrontiert.

Altersgrenze für die Psychoanalyse

Nach der Auffassung des Stuttgarter Psychotherapeuten Dr. Rudolf Affemann liegt das ideale Analysealter eines Patienten zwischen 22 und 35 Jahren: »Nach fünfzig ist eine Psychoanalyse im klassischen Sinne undurchführbar, weil die Persönlichkeitsstruktur zu verfestigt ist.«

Die Behandlung mit der Psychoanalyse kann bis zu sieben Jahre dauern (bei etwa zwei Wochenstunden). Psychoanalytiker sind in Deutschland rar. Wenn ein Patient sich anmeldet, muß er unter Umständen mit Wartezeiten bis zu zwei Jahren rechnen, je nachdem, wie renommiert der Analytiker ist. Psychotherapeuten dagegen, die nach anderen Methoden behandeln, haben kürzere oder gar keine Wartezeiten.

Patientenurteile

Es gibt wenige direkte Äußerungen von Patienten, die eine Psychoanalyse absolviert haben. Die meisten scheuen sich, offen zuzugeben, daß sie auf der Couch eines Analytikers lagen. Deshalb ist ein Interview interessant, das die Zeitschrift Capital mit dem Marketing-Berater Bernd Rohrbach durchführte, der sieben Jahre (von 1961 bis 1968) im Frankfurter Sigmund-Freud-Institut eine Psychoanalyse mitmachte. Hier ist das interessante Interview in vollem Wortlaut zu Ihrer Information

Interview nach der Behandlung

Capital: Herr Rohrbach, Sie ließen sich sieben Jahre lang vom Psychotherapeuten behandeln. Was hat Sie das gekostet?

Rohrbach: 30 Mark pro Stunde, in sieben Jahren etwa 22 000 Mark. (Anmerkung: Heute kostet eine Stunde mindestens 50 Mark.)

Capital: Hat sich Ihre Krankenkasse an den Kosten beteiligt?

Rohrbach: Nein, denn es handelte sich nicht um einen Krankheitsfall im Sinne einer Krankenversicherung. Ich konnte die Honorare jedoch als Fortbildungskosten von der Steuer absetzen.

Capital: Haben sich die 22 000 Mark gelohnt?

Rohrbach: Ich glaube, daß ich erfolgreicher geworden bin. So brachte ich 1961 zum Beispiel nur ein Patent pro Jahr durch, gegen Ende der Analyse waren es fünf bis sechs Patente. Während der Analyse hat sich mein Bruttoeinkommen mehr als vervierfacht.

Capital: Ohne Analyse hätten Sie das nicht geschafft?

Rohrbach: Wahrscheinlich nicht. Seit meine inneren Spannungen abgebaut sind, fühle ich mich kreativer. Ich bin hemmungsloser im Denken und konsequenter im Handeln. Kürzlich habe ich vor 80 Wissenschaftlern eines Großkonzerns gesprochen. Vor der Analyse hätte ich das nie mit dieser Sicherheit fertiggebracht. Viele Minderwertigkeitsgefühle wurden abgebaut.

Capital: Hemmungslosigkeit kann auch unsympathisch wirken.

Rohrbach: Ich glaube, nicht. Im Gegenteil, die Analyse macht menschlicher, natürlicher, kontaktfähiger und

toleranter. Die Durchsetzungsfähigkeit verliert an Feindseligkeit und gewinnt an Überzeugungskraft.
Capital: Schicken Sie Ihre Mitarbeiter auch auf die Couch?
Rohrbach: Wenn ich eines Tages einen Partner in meine Firma hereinnehmen sollte, würde ich es begrüßen, wenn auch er in die Analyse geht. Ich bin sicher, daß wir dann erheblich weniger Kommunikationsschwierigkeiten hätten.
Capital: Durch Ihre Tätigkeit als Marketing-Berater und Seminarleiter kennen Sie viele Führungskräfte. Wie vielen würden Sie eine psychoanalytische Behandlung empfehlen?
Rohrbach: Ich bin überzeugt, daß die Firmen enorm von der Psychoanalyse profitieren könnten. Ein leitender Mitarbeiter, der dauernd seine persönlichen Probleme im Beruf zu lösen versucht, kann ein starker Bremsklotz sein. Besonders wichtig würde ich die Analyse für Marketing-Leute halten. Man gewinnt an Sensibilität für Marktlücken.
Capital: Was war eigentlich der Anlaß, weshalb Sie zum Sigmund-Freud-Institut gegangen sind?
Rohrbach: Der Auslöser für diesen Entschluß war mein erstes Jahr als selbständiger Berater. Ich hatte einfach Existenzangst. Außerdem hatte ich oft das Gefühl, daß man mich nicht akzeptierte.
Capital: Waren Sie skeptisch, ob die Psychoanalyse die richtige Behandlungsmethode ist?
Rohrbach: Ja, ich weigerte mich in den ersten Stunden, mich auf die Couch zu legen. Ich hatte starke innere Hemmungen, in einem Zustand der Wehrlosigkeit dem Analytiker gegenüber zu sein.
Capital: Wann zeigten sich die ersten Erfolge?
Rohrbach: Nach etwa einem Jahr. Anfangs verstärkten sich meine Probleme. Ich bekam außerdem Herzbeschwerden.
Capital: Würden Sie die Psychoanalyse als Karriere-Training empfehlen?
Rohrbach: Wer zu psychischen Spannungen neigt und trotzdem Karriere machen will, sollte auf jeden Fall in die Analyse gehen.

Gesprächstherapie

Der amerikanische Psychologe und Psychiater Carl Rogers begründete eine Therapieform, welche die »Selbstheilungskräfte« des Patienten anregt. Bei der »klientenzentrierten Psychotherapie« soll der Patient (oder Klient) seine Probleme selbständig klären. Diese Bedingungen soll der behandelnde Psychologe erfüllen:

Forderungen an den Psychologen

- Positive Wertschätzung und emotionale Wärme gegenüber dem Klienten.
- Verstehen und Verbalisierung emotionaler Erlebnisinhalte des Klienten.
- Echtheit im Verhalten, keine falsche Freundlichkeit, keine Launenhaftigkeit.

Voraussetzung für das Gelingen der Behandlung ist eine positive Beziehung zwischen dem Therapeuten und dem Klienten. Die Gespräche erhellen Empfindungen und Gefühle, die der Patient sich sonst nur ungern eingesteht. Sie verlieren in der entspannten, von Wertschätzung und Wärme getragenen Atmosphäre ihren Schrecken. Der Patient kann wagen, alles zu denken, Stellung dazu zu nehmen und zu verarbeiten, was er sich sonst »nicht einmal im Traum einfallen ließe«.

Ermutigung

Der Patient erfährt, daß er sich in der Therapie nicht verteidigen muß. Viele scheuen sich aufgrund ihres geringen Selbstbewußtseins vor zwischenmenschlichen Beziehungen. Die Beziehung zum Therapeuten kann eine erste Ermutigung sein, weitere Kontaktschritte zu wagen.

Der Gesprächstherapeut versucht, sich möglichst intensiv in den Klienten hineinzuversetzen und seine Erlebniswelt zu verstehen. Soweit er seine Gefühle verstanden hat, teilt er sie ihm mit.

Seelische Probleme sind Gefühlsprobleme

Warum ist die »Spiegelung« der gefühlsmäßigen Erlebnisse therapeutisch hilfreich? Nach der Auffassung von Rogers sind die seelischen Probleme immer Ge-

fühlsprobleme, die in den meisten Fällen nicht in ihrem ganzen Ausmaß als solche erkannt werden.
Der Klient beachtet vielmehr vor allem Widerstände in seiner Umwelt, Fehler z. B. des Ehepartners, körperliche Symptome. Der Therapeut zieht den Gefühlsgehalt heraus und spricht ihn aus.

Sie kennen sicher Menschen, die sich hinter einer Fassade verstecken. Es scheint, daß sie ihr Verhalten nur spielen, aber nicht wirklich so sind. Sie äußern Gefühle, die sie nicht haben, und unterdrücken andere, die sie haben. Diese Vorgänge spielen sich bei jedem Menschen ab; wenn sie aber eine bestimmte Stärke erreichen, wirkt das Verhalten unecht und gemacht.

Ausschnitt aus einer Therapiestunde

Ein Beispiel aus einer Therapiestunde: Herr Hall war wegen starker Hemmungen, die auch sein Studium beeinträchtigen, und Angstzuständen in die Therapie gekommen.

Herr Hall: »Wenn ich in eine Diskothek gehe, treten diese Beschwerden verstärkt auf. Ich schwitze und bekomme Magenkrämpfe, vor allem, wenn mir ein Mädchen gegenübersitzt. Dann sind die Beschwerden stark, ich kann mich dann nicht konzentrieren.«
Therapeut: »Das bedrückt Sie?«
Klient: »Ja.«
Therapeut: »Und es gelingt Ihnen nicht, sich frei zu fühlen?«
Klient: »Ja, das ist es, daß ich dagegen nichts machen kann.«
Therapeut: »Es ist hart für Sie, daß das gerade gegenüber Mädchen so ist. Das wollen Sie nicht hinnehmen?«
Klient: »Ja – weil ich darin eben nichts Natürliches sehe. Wenn ich so aufgeregt werde, dann empfinde ich das als sehr unangenehm.«

Abnahme psychischer Spannungen

Die Abnahme psychischer Spannungen, die im Verlauf der Gesprächstherapie eintritt, läßt sich nachweisen. Robert P. Andersson führte 1956 während zehn gesprächstherapeutischen Sitzungen mit einem Klienten

Messungen der Herzschlagsfrequenz und deren Schwankungsbreite durch. Außerdem schätzte er während jeder Stunde mit einer Skala die Gefühlsstärke.

Dabei ergab sich für die Herzschlagsfrequenz ein ähnlicher Kurvenverlauf wie für die Einschätzung der emotionalen Beteiligung des Klienten. Die physiologische Spannung, also erhöhte Herzschlagsfrequenz, trat besonders stark auf, wenn der Klient sich über konfliktreiche Gefühle äußerte, die ihn ganz persönlich und aktuell betrafen.

Klarheit über Wünsche und Ziele

Gute Erfolge zeigt die Gesprächstherapie bei gehemmten Personen, die sich über sich selbst, über ihre Wünsche und Ziele nicht im klaren sind, die für ihre Lebensgestaltung keine Bezugspunkte haben. In solchen Fällen kann eine Therapie von 10 bis 30 Stunden bereits gute Erfolge aufweisen.

Gruppentherapie

Mindestens einmal in der Woche treffen sich sechs bis acht Personen für ein bis zwei Stunden und setzen sich mit einem Psychologen oder Psychotherapeuten an einen runden Tisch. Die Gruppe sollte nach Alter und Intelligenzgrad einheitlich zusammengesetzt sein. Sie sollte nicht aus Personen bestehen, die auch außerhalb der Gruppe täglich in engerem Kontakt stehen. Auch Freunde und Ehepaare können die Wirkungen der Gruppentherapie beeinträchtigen.

Voraussetzungen

Der Gruppenleiter hilft, am Anfang Hemmungen zu überwinden. Er erläutert die Voraussetzungen der Gruppentherapie:

- Diskretion der Mitglieder gegenüber Außenstehenden.
- Konzentration auf Gefühlsprobleme.
- Alles soll ausgesprochen werden, was man fühlt und denkt.

Die Gruppenmitglieder erzählen zunächst zwanglos und ohne Druck etwas über sich selbst und ihre Probleme. So entwickelt sich ein Gespräch über psychische Probleme, das die Eindrücke der Gruppenmitglieder verarbeitet und zu Stellungnahmen zwingt.

Die Gruppe soll aktiv sein

Die Teilnehmer nehmen selbst eine psychotherapeutische Funktion ein (positive Zuwendung, Deutung der Gefühle anderer Gruppenmitglieder). Das bedeutet jedoch nicht, daß ein Gruppenleiter überflüssig wäre. Er muß die Gespräche in die notwendige Richtung führen (z. B. Mitglieder darauf aufmerksam machen, daß sie nicht über Tagesereignisse, Wetter usw. sprechen sollen). Andererseits baut er die Erwartung der Gruppe ab, daß er »die Sache in Gang hält«; denn die Gruppe soll selbst aktiv sein. Dabei entwickelt die Gruppe ein feines Gefühl dafür, wie weit sie ein Gruppenmitglied durch ihre Stellungnahmen belasten kann. Ist die äußerste Belastbarkeit eines Mitgliedes erreicht, wendet sich das Gruppeninteresse den Problemen eines anderen zu. Zu den Richtlinien gehört es, daß der Psychologe bzw. Psychotherapeut den einzelnen vor möglichen psychischen Schäden schützt.

Erleichterung

Es bedeutet für jeden Teilnehmer eine große Erleichterung, daß andere Menschen ähnliche Probleme haben. Diese Erleichterung fördert die Aussprache persönlicher Konflikte. Die Symptome werden durch das Verständnis der Gruppe besser ertragen.

Modellerfahrung in der Gruppe

Da jede Gruppe ein Modell der Gesellschaft ist, kann die Gruppentherapie die Eingliederung in die Gesellschaft erleichtern und Modellerfahrungen im Umgang mit anderen verschaffen. Man muß sich die Gruppe als eine Übungssituation vorstellen. Im Schutz der Gruppe ist es möglich, Risiken einzugehen, also einfach auszuprobieren: wie reagiert jemand auf mich, wenn ich mich so oder so verhalte? Ein Mitglied erfährt z. B., daß sein Verhalten arrogant wirkt, obwohl es überhaupt nicht arrogant wirken, sondern nur seine Unsicherheit verdecken will. Diese Erfahrung kann hilfreich sein.

Interview mit einem Teilnehmer

Wie sich eine Gruppentherapie auswirkt, zeigt ein Auszug aus einem Interview, das drei Monate nach Abschluß einer Gruppentherapie von dem Psychologen H. Peres durchgeführt wurde: »Ich habe einfach dadurch, daß ich ein Mitglied der Gruppe war und von allen akzeptiert wurde, eine große Menge Selbstvertrauen gewonnen ... Ich glaube, daß ich von allen anderen akzeptiert wurde, weil ich bei den Sitzungen offen über meine Gefühle gesprochen habe. Das übertrug sich in hohem Maße auch auf andere Situationen. Wenn ich jetzt mit Leuten zusammentreffe, bin ich einfach ich selbst, ohne irgend etwas zu unterdrücken und ohne Angst zu haben, daß andere mich nicht verstehen.« (Zitiert nach Rogers.)

Mit steigendem Selbstbewußtsein entwickelt sich auch die Toleranz. Die Teilnehmer lernen, Kritik zu ertragen. Sie erfahren, daß Kritik nicht zerstörerisch sein muß, sondern daß sie auch von ihr profitieren können. Sie lernen zuzuhören. Menschen, die eine Gruppentherapie mitgemacht haben, wenden sich nicht mehr ab, wenn sie angegriffen werden, sondern versuchen herauszufinden, warum sie angegriffen werden.

Vertiefung der Selbsterkenntnis

Die Gruppentherapie hat sich bisher als eine Methode bewährt, die der vertieften Selbsterkenntnis gesunder oder leicht gestörter Menschen dient. Bei Anpassungsproblemen, Kontaktschwierigkeiten, Hemmungen und Minderwertigkeitsgefühlen ist die Gruppentherapie zu empfehlen.

Encounter Group

Wer kurzfristige Hilfe sucht, sollte eine ganz besondere Gruppentherapie machen. Sie kommt aus den USA. Man nennt sie »Encounter Group«. Diese Gruppe bleibt drei bis zehn Tage lang Tag und Nacht zusammen. Auch hier redet man miteinander, erörtert seine Probleme, versucht, Lösungen geschilderter Konflikte zu erarbeiten. In der »Encounter Group« werden Gefühle aufgedeckt und mitgeteilt, um zu einem tieferen Verstehen zu gelangen. Der Vorteil gegenüber einer normalen Therapie besteht darin, daß der einzelne sofort und ständig von der Gruppe korrigiert wird. So kann er zwischen einzelnen Sitzungspausen nicht wieder in seine alten Verhaltensweisen zurückfallen.

Das Psychodrama

Eine spezielle Methode der Gruppentherapie ist das von dem Wiener Psychiater J. I. Moreno zu Beginn der zwanziger Jahre entwickelte »Psychodrama«. Dabei werden Konflikte und seelische Störungen durch improvisiertes Spiel bewußtgemacht. Durch die »spielerische« Wiederholung traumatischer Situationen wird erstens eine Einsicht in die Ursachen gewonnen und zweitens ein Ausleben von Konflikten ermöglicht. Als Behaviordrama (Verhaltensdrama) kann das psychodramatische Spiel systematisch zur Verhaltensänderung eingesetzt werden (siehe Verhaltenstherapie).

Abwandlungen der Gruppentherapie

Von Amerika aus sind inzwischen vielfältige Abwandlungen der Gruppentherapie nach Europa gekommen. Bei einer Art der Gruppentherapie werden die Körper der Mitglieder abgetastet. Die eventuell auftretenden erotischen Gefühle sind dabei nicht so entscheidend wie die Bewußtmachung des Körperlichen. Man lernt wieder (wie in der Kindheit), den Körper zu beachten und ihn zu akzeptieren.

Das Sensitivity-Training

Ähnlichkeit mit der Gruppentherapie hat das Sensitivity-Training. Im Sensitivity-Training werden in erster Linie Vorgänge, die in der Gruppe geschahen, verarbeitet. Denn nur diese Vorgänge sind allen Teilnehmern bekannt. Das ist auch vorteilhaft, weil jeder Teilnehmer im Training die gleichen Verhaltensweisen und Abwehrmechanismen wie im täglichen Leben zeigt.

Spiegelung des eigenen Verhaltens

Die zentrale Methode ist das »feedback« (Rückspiegelung). Jeder beschreibt möglichst klar seinen Eindruck bzw. seine Gefühlsreaktionen, die eine Verhaltensweise eines anderen bei ihm ausgelöst hat. Der Teilnehmer erfährt, wie sein Verhalten wirkt und wie er selbst auf fremdes Verhalten anspricht. Dies löst oft eine Einsichts- und Änderungsbereitschaft aus.
Beim Sensitivity-Training wird geübt, eigene und fremde Verhaltensweisen differenziert aufeinander ab-

zustimmen. Starre Verhaltensweisen können abgebaut und neue, echtere ausprobiert werden. Wegen der Anstrengung eignet sich ein Sensitivity-Training nicht für Psychose- oder Selbstmordgefährdete oder für Neurotiker.
Gerade um selbstbewußtes Verhalten zu fördern und zu verstärken, ist das Sensitivity-Training gut geeignet. Es wird in vielen Großstädten auch von Volkshochschulen preiswert angeboten.

Verhaltenstherapie

Vor etwa 20 Jahren begründete in den USA Joseph Wolpe die Verhaltenstherapie. Sie unterscheidet sich von anderen Behandlungsarten, weil sie auf experimentelle Ergebnisse der Lernpsychologie aufbaut.

Kontrolliertes Lernen

Die Gesundung des Patienten beruht auf kontrollierbaren Lernvorgängen, deren Modell der russische Physiologe Iwan P. Pawlow erforschte. Er entdeckte: Ein Hund sondert Speichel ab, wenn er Futter sieht. Gleichzeitig mit dem Futter ertönte ein Glockensignal. Nach einigen Verbindungen des Futters mit dem Zusatzreiz (Glocke) genügte der Glockenton allein, um eine Speichelsekretion auszulösen. Ein sogenannter »bedingter Reflex« ist entstanden.

Furchtreaktion

In Anlehnung an diese Konditionierungsversuche ist es Watson (dem Begründer des Behaviorismus) 1920 erstmals gelungen, konditionierte Furchtreaktionen bei einem Kind zu erzeugen. Das Beispiel des kleinen Albert wurde auf Seite 48 beschrieben. Erinnern Sie sich: Die Furchtreaktion war plötzlich an die Ratte gekoppelt, die zuvor niemals Angst erzeugte. Diese Furcht übertrug sich sogar auf andere Tiere. Kaninchen und Hunde lösten jetzt ebenfalls Weinen und Fluchtverhalten aus.

Die Verhaltenstherapie geht davon aus, daß auch Erwachsene ähnlich konditioniert werden und daß »neurotische Symptome« meist auf diese Weise entstehen.

Lernen von falschem Verhalten

Ein Beispiel zeigt das Lernen von falschem Verhalten. Im Anschluß an einen Autounfall konnte Herr Finn seine Wohnung nie mehr verlassen, ohne Angst zu spüren. Der Unfall spielte sich so ab: Herr Finn wurde von einem Auto angefahren, als er aus einem Geschäft auf die Straße trat. Seit dieser Zeit hatte Herr Finn Angst vor Plätzen. Die rationale Überzeugung, daß er sich durch Vorsicht vor Autos schützen könne, war nutzlos.

Vermeidungsverhalten

Die Verhaltenstherapie versucht, dem Patienten diese Angst abzugewöhnen. Joseph Wolpe entdeckte, wie eine Furchtreaktion »gelöscht« werden kann. Er erzeugte z. B. Furchtreaktionen bei Katzen. Sie lernten, auf ein Summgeräusch die Klappe eines Futterkastens zu öffnen und zu fressen. In der zweiten Versuchsphase erhielten sie jedesmal, wenn sie den Futterkasten öffneten, einen elektrischen Schock. So entwickelten die Tiere ein »Vermeidungsverhalten« gegenüber dem Fressen in einem bestimmten Käfig. Sie sträubten sich heftig, wenn sie in den »Schockkäfig« gesetzt wurden und verweigerten das aufgestellte Fressen.

Wolpe konnte die Furchtreaktionen der Katzen »löschen«, indem er die Tiere Schritt für Schritt an den »Schockkäfig« gewöhnte. Er fütterte die Katzen ohne Schock in verschiedenen Käfigen, die anfangs nur wenig, nach und nach aber immer mehr Ähnlichkeit mit dem gefürchteten Käfig hatten, bis die Tiere wieder ohne Furcht in ihrem alten Käfig zu fressen begannen.

Langsame Desensitivierung

Wolpe entwickelte 1950 nach seinen experimentellen Ergebnissen mit Tieren eine Therapieform für den Menschen, die systematische »Desensitivierung«. Die Methode gliedert sich in drei Abschnitte:

1. Intensives Entspannungstraining
2. Aufstellung einer Hierarchie der angstauslösenden Reize
3. Stufenweise Kombination dieser Angstreize mit Entspannungsreaktionen.

Rangordnung der Angstreize

So wird z. B. die Platzangst geheilt: Vor Beginn der Desensitivierung wird mit dem Patienten ein Entspannungstraining durchgeführt, z. B. physiologische Muskelentspannung oder autogenes Training. Dann klärt der Therapeut durch ein gezieltes Gespräch, welche Reizsituationen beim Patienten Angst erzeugen. Die Angstreize bringt der Patient in eine Rangordnung. Bei der Angst von Herrn Finn sieht das so aus:

Schwache Angst

1. Ich bin zu Hause und höre im Radio, ein Mann sei überfahren worden.
2. Ein Bekannter erzählt mir von einem Unfall.
3. Ein Freund ist angefahren worden.

Mittlere Angst

4. Ich gehe in einer verkehrsarmen Gegend spazieren.
5. Ich gehe abends durch die Stadt.

Starke Angst

6. Ich gehe zu einer Konzertveranstaltung.
7. Ich muß tagsüber einen Platz überqueren.

Vorstellung der Angstauslöser

Die Desensitivierung beginnt damit, daß sich Herr Finn tief entspannt den schwächsten Reiz der Angsthierarchie ein paar Sekunden vorstellt. Sobald dabei Angst auftritt, muß er den Finger heben. Dann wird die vorgestellte Szene sofort unterbrochen und völlige Entspannung setzt ein. Danach wird die Vorstellung erneut geübt. Durchbricht die Angst die Entspannung nicht mehr, wird also die Vorstellung angstfrei ertragen, geht der Therapeut zur nächsthöheren Angstszene über.
Durch den entwickelten Mut bewältigt Herr Finn Schritt für Schritt immer höhere Stufen seiner Angsthierarchie, bis auch die intensivste Vorstellung (Ich muß tagsüber einen Platz überqueren) ihren Angstcharakter verloren hat.

Die Erfahrung hat gezeigt, daß die Patienten mit dieser Methode nach etwa zwanzig Sitzungen auch in realen Situationen keine Angst mehr empfinden. Die Desensitivierung hat sich besonders bei der Behandlung von Tierphobien (Spinnen, Mäuse usw.), Prüfungsängsten,

Angst vor öffentlichem Sprechen, Platzangst und Angst vor geschlossenen kleinen Räumen bewährt.

Wichtig: Kombination

Wichtig ist die Kombination von Entspannungsübung und Vorstellung der Angsthierarchie. Entspannungsübungen allein oder nur das Durcharbeiten der Angstsituationen ist nicht so erfolgreich.

Die Technik der Verhaltenstherapie ist sehr variabel. Der Verhaltenstherapeut kann mit einem Kranken »Theater« spielen, wenn dieser z. B. gegenüber Vorgesetzten gehemmt und unsicher ist und seine Fähigkeiten nicht entfalten kann. Der Therapeut spielt z. B. die Vorstellung beim Personalchef einer großen Firma.

Nachteil

Ein Nachteil der Verhaltenstherapie liegt darin, daß bei komplexeren Problemen, z. B. bei »allgemeinen« Angstzuständen oder bei Ängsten, die gleichzeitig mit schweren Depressionen oder Zwangsneurosen verbunden sind, die Heilung schwieriger ist.

Wann brauchen Sie einen Psychotherapeuten?

Erst wenn alle organischen Ursachen für Ihre Beschwerden ausgeschlossen werden können, sollten Sie die Praxis eines Psychologen, Psychotherapeuten oder Psychoanalytikers aufsuchen. Auf den vorhergehenden Seite konnten Sie sich ein Bild über die Behandlungsmethoden machen. Sie können danach besser entscheiden, von welcher Therapieform Sie sich noch am ehesten angesprochen fühlen.

Testen Sie den Therapeuten

Wenn Sie einen Therapeuten aufsuchen, sind Sie nicht gezwungen, seine vorgeschlagene längere Beratung und Behandlung durchzuführen. Vielleicht hilft Ihnen bereits ein einstündiges Gespräch. Wenn Sie feststellen, daß die Art des Therapeuten Ihnen nicht liegt, sollten Sie ungeniert die Beratung abbrechen und einen anderen Therapeuten konsultieren.

Beachten Sie bei der Prüfung des Therapeuten: Er stellt bestimmte Seiten Ihrer Persönlichkeit in Frage, er macht Ihnen den schmerzlichen und unbequemen Prozeß der Umorientierung bewußt. Das kann Ihnen so unangenehm sein, daß Sie den Therapeuten nicht als aufgeschlossenen, bejahenden Gesprächspartner empfinden, sondern Widerstand gegen ihn und seine Äußerungen entwickeln. Sie sollten Ihr Sympathie- oder Antipathiegefühl deshalb genau überprüfen.

Falsche Einstellung des Patienten

Eine Therapie ist kein angenehmer Vorgang. Viele Patienten kommen mit einer Einstellung, wie sie auch ihr Auto zur Reparaturwerkstatt bringen: Sie setzen oder legen sich hin, erzählen oberflächlich von ihren Problemen und denken, daß alles andere der Therapeut problemlos übernimmt. Mit dieser Einstellung mißlingt die Behandlung, denn man kann natürlich niemand »waschen, ohne in naß zu machen«.

Wenn Sie keine körperlichen Symtome spüren, sondern nur seelische Symptome, können Sie direkt einen Termin mit einem Psychologen oder Psychotherapeuten vereinbaren.

Vorwiegend seelische Symptome sind:

Ängste verschiedener Art
- Allgemeine Lebens- und Existenzangst
- Angst vor Tieren (Spinnen, Mäusen usw.)
- Angst vor Plätzen oder engen Räumen

Zwangshandlungen
- Wasch- oder Kontrollzwang
- Zwangsgedanken
- Ticks bei Nervosität (Nägelkauen, Haare zusammendrehen usw.)

Störungen der »normalen« Sexualität
- Impotenz oder Frigidität
- Sadismus oder Masochismus
- Homosexualität
- Sonstige Perversionen

Störungen von Persönlichkeitseigenschaften
- Extremer Geiz und Egoismus
- Geringe Kontaktfähigkeit
- Konzentrationsmangel
- Geringes Selbstbewußtsein (Minderwertigkeitsgefühle)
- Geringe seelische Belastbarkeit
- Extreme Pedanterie

Störungen der Stimmungen
- Häufige Gedrücktheit und Depression
- Häufiger extremer Stimmungswechsel
- Psychische Unausgeglichenheit

Der Leidensdruck

Das ist nur eine kleine Auswahl seelischer Symptome. Einen Therapeuten sollten Sie nur dann aufsuchen, wenn Sie unter einem dieser Symptome leiden. Denn nur der Leidensdruck mobilisiert die nötigen Kräfte, die für eine therapeutische Behandlung unbedingt erforderlich sind. Wer mit sich selbst zufrieden ist, sieht den Grund nicht ein, daß er sich ändern sollte, und er wird sich deshalb auch nicht ändern.

Wann zum Therapeuten?

In letzter Zeit kommt es häufiger vor, daß Eheschwierigkeiten zu folgender Situation führen. Herr Münch ist seit 5 Jahren verheiratet. Seine Frau ist sexuell leicht ansprechbar und hat sich vor einem halben Jahr in einen anderen Mann verliebt. Sie will sich deshalb scheiden lassen. Herr Münch verzeiht seiner Frau die Liebschaft und möchte die Ehe weiterführen. Er rät seiner Frau: »Geh zum Psychotherapeuten und laß dich behandeln. Deine Untreue ist nicht normal; ich liebe dich doch nach wie vor.«

In diesem Fall ist eine Psychotherapie nicht erforderlich. Frau Münch will die Scheidung und liebt einen anderen Mann. Es besteht von ihrer Seite kein Leidensdruck und auch kein Grund, ihr von der Liebe abzuraten. Anders wäre es vielleicht, wenn Frau Münch innerhalb von 5 Jahren zum fünften Mal vor einer

Scheidung stünde und sie ihr Verhalten selbst in Frage stellen würde.

Wie findet man einen Therapeuten?

Wenn Sie einen Psychologen oder Psychotherapeuten suchen, können Sie im Branchen-Verzeichnis Ihres Fernsprechbuches nachschauen. Unter Psychologie oder Psychotherapie finden Sie die Anzeigen der zur Auswahl stehenden Therapeuten mit Anschrift und Telefonummer. Wählen Sie zunächst den Therapeuten aus, der Ihrer Wohnung am nächsten ist. Lassen Sie sich telefonisch einen Termin geben. Erkundigen Sie sich dabei sofort nach dem Stundenhonorar und der Therapiemethode, die vorwiegend angewandt wird.

Das Programm für mehr Selbstsicherheit

Im vorangegangenen Kapitel haben Sie sich über die verschiedenen Methoden der Psychotherapie informiert. Alle Behandlungsmethoden haben ihren Sinn und Wert. Keine Methode kann als die einzig richtige gelten. Je nach den vorhandenen Symptomen und seelischen Schwierigkeiten ist die eine oder andere Therapie besonders geeignet. Das muß von Fall zu Fall individuell entschieden werden.

Autogenes Training

Günstig ist meist die Unterstützung einer Behandlung durch das autogene Training. Ich empfehle Ihnen das Buch von Dr. med. Lindemann »Überleben im Streß – Autogenes Training«. Dieses Buch eignet sich vor allem deshalb, weil es leicht verständlich und mit viel Überzeugungskraft geschrieben ist. Dr. Lindemann hat bei seinen drei Atlantiküberquerungen in einem Faltboot, einem Einbaum und einem Kutter wichtige eigene Erfahrungen mit dem autogenen Training gesammelt.

Problem-Tagebuch

Sie haben sich bereits ein Heft angelegt, um das Assoziationsexperiment durchzuführen. Nun brauchen Sie dieses Heft erneut – als Problem-Tagebuch. Zunächst beobachten Sie sich eine Woche und schreiben einen Bericht über Verhalten, das Ihr geringes Selbstbewußtsein gezeigt hat. Danach folgt eine Bestandsaufnahme aller Situationen, die Ihr Selbstbewußtsein erschütterten. Daran schließt sich eine Übungszeit an, in der Sie selbstbewußteres Verhalten anwenden.

Beginnen Sie die Beobachtungswoche

Nun beginnen Sie mit der Beobachtungswoche. Verhalten Sie sich so wie immer, versuchen Sie also in dieser Zeit nicht selbstbewußter zu sein.

An dem folgenden Beispiel sehen Sie, wie es gemacht wird. Die Tages-Eintragungen stammen von Herrn Culler (kaufmännischer Angestellter, 26 Jahre).

1. Tag

a) Ich wurde von dem Kollegen Renner mit ironischen Bemerkungen abgekanzelt, als ich ihn nach dem Platz für das Kohlepapier fragte. Alles lachte. Ich spürte, wie mir das Blut aus dem Kopf wich. Ich konnte keine Antwort geben.

b) Am Telefon war der Chef. Wollte wissen, ob seine Sekretärin bei mir im Büro sei. Ich antwortete nur »nein« und es fiel mir sonst kein verbindlicher Satz ein. Das hat mich auf mich selbst wütend gemacht.

c) Abends wollte ich fernsehen. Eine Freundin meiner Frau kam zu Besuch. Es ärgerte mich, daß ich nicht wagte, meiner Frau zu sagen, daß mir das heute unangenehm sei. Ich möchte mich mehr durchsetzen können.

2. Tag

a) Meine Frau entdeckte, daß die neugelieferte Waschmaschine seitlich zerkratzt ist. Ich rief das Geschäft an und meldete den Schaden, das war mir unangenehm, und ich hatte ein leichtes Ziehen im Magen.

b) Ich betrat das Zimmer eines Kollegen. Er begrüßte mich mit der Bemerkung »Du hast auch jeden Tag weniger Haare auf dem Kopf«. Da mich mein Haarausfall beunruhigt, machte mich die taktlose Bemerkung unsicher. Ich reagierte nicht gelassen und gleichgültig.

3. Tag bis 6. Tag

In dieser Art schrieb Herr Culler jeden Tag die Erlebnisse auf, die sein Selbstbewußtsein beeinträchtigten. Er schrieb die Erlebnisse von Tag zu Tag ausführlicher auf, und es wurde ihm immer klarer, was sein Selbstbewußtsein beeinflußte. Er bekam in dieser Woche mehr Klarheit über seine Probleme.

Bestandsaufnahme

Nach der Beobachtungswoche folgt ein noch wichtigerer Schritt – die Bestandsaufnahme. Stellen Sie eine Rangfolge der Situationen und Erlebnisse auf, die Ihr Selbstbewußtsein besonders stark beeinträchtigt haben. Formulieren Sie die Situationen so, daß zum Ausdruck kommt, was Sie besser machen wollen. Die Liste von Herrn Culler sah zum Beispiel so aus:

Rangfolge

1. Gegen die Bemerkungen von Kollegen durchsetzen. Das richtige Wort finden.
2. Unbefangen dem Chef gegenübertreten.
3. Meine Fähigkeiten richtig einschätzen.
4. Meinen Haarausfall nicht so wichtig nehmen.
5. Meine Frau loben und meinen Ärger nicht an ihr abreagieren.
6. Meiner Frau ehrlich meine Meinungen und Einstellungen auseinandersetzen.
7. Fremden Personen gegenüber unbefangener sein.
8. Leichter Kontakte schließen.
9. Nicht mehr so empfindlich sein.
10. Wenn beruflich etwas nicht klappt, sollte ich das nicht auf meine Person beziehen.

Taktlose Bemerkungen

Herr Culler wurde in seinem Selbstbewußtsein besonders stark getroffen, wenn er sich gegen die taktlosen Bemerkungen von Kollegen durchsetzen sollte. Er konnte dann nicht das richtige Wort finden, weil er sich stets »wie gelähmt« fühlte. Am schwächsten wurde Herr Culler in seinem Selbstbewußtsein berührt, wenn beruflich etwas nicht klappte. Er spürte jedoch, daß er etwas dazu neigte, diese Dinge auf seine Person zu beziehen.

Wenn Sie die Beobachtungswoche hinter sich haben und Ihre Rangliste aufgestellt ist, sollten Sie weiterlesen. Nun beginnt der nächste und schwierigste Schritt, der Aufbau von mehr Selbstbewußtsein. Hier müssen Belohnungen als »Verstärker« für das neue Verhalten eingeführt werden. In der Verhaltensforschung gibt es eine wichtige Regel »Wird ein neues Verhalten belohnt oder verstärkt, tritt es in Zukunft häufiger auf«. Und Sie wollen, daß Ihr selbstbewußteres Verhalten in Zukunft häufiger auftritt.

Belohnung

Stellen Sie jetzt eine Selbstbelohnungsliste auf, denn

ohne Belohnung ist der Erfolg des Verhaltenstrainings in Frage gestellt.
Herr Culler notierte beispielsweise folgende Liste:

Rangfolge der Belohnungen

1. Einen Tag Urlaub machen.
2. Mit meiner Frau auswärts abends Essen gehen.
3. Ein Buch kaufen.
4. Schallplatte kaufen.
5. Zeitschrift lesen.
6. Freunde einladen.
7. Ins Kino gehen.

Diese Liste ist natürlich nur ein Beispiel. Denken Sie deshalb intensiv über Ihre eigenen Belohnungen nach, und orientieren Sie sich nicht an Herrn Culler's Liste. Für jeden sind wieder andere Dinge in ganz anderer Reihenfolge wichtig und wertvoll.

Beginn des Verhaltenstrainings

Nun beginnen Sie mit dem Verhaltenstraining. Schauen Sie in der Rangfolge Ihrer Selbstbewußtseinsprobleme nach, was an unterster Stelle steht. Bei Herrn Culler steht da: »Wenn beruflich etwas nicht klappt, sollte ich das nicht auf meine Person beziehen.«
Sie beginnen mit dem Training auf der untersten Stufe Ihrer Schwierigkeiten, weil es Ihnen da am leichtesten fällt, Ihr Verhalten zu ändern. Gelingt es Ihnen, eine Woche auf dieser Stufe selbstbewußter zu sein, gehen Sie zur nächsten Stufe über. Sobald Sie auch da Erfolg haben, nehmen Sie sich die nächste Stufe vor. Die bereits bewältigten Stufen müssen Sie jedoch immer mit einbeziehen. Je höher Sie auf der Rangfolge nach oben steigen, um so schwieriger wird für Sie die Verhaltensänderung.

Nach jeder Stufe eine Belohnung

Für jede geschaffte Stufe der Rangfolge müssen Sie sich mit einer Belohnung auf Ihrer Belohnungsliste beschenken. Aber auch bei einzelnen positiven Erlebnissen auf einer Stufe ist eine Belohnung erforderlich. Je höher Sie auf Ihrer Rangfolge erfolgreich nach oben steigen, um so stärker sollten auch die Belohnungen sein. Orientieren Sie sich hier an der Rangfolge Ihrer Belohnungen.

Wenn Sie auf der untersten Stufe mit der Verbesserung Ihres Verhaltens beginnen, schreiben Sie Ihre Erlebnisse wieder in Ihr Problem-Tagebuch, nach dem Schema 1. Tag, 2. Tag, 3. Tag usw. Schreiben Sie auf, wenn es Ihnen gelungen ist, selbstbewußter und gelassener zu reagieren. Versuchen Sie herauszufinden, woran das lag. Ist Ihnen etwas klargeworden, woran Sie zuvor nicht gedacht haben? Welcher Gedanke hat Sie mutiger gemacht? Schreiben Sie den Gedanken auf. Versuchen Sie, sich über die Hintergründe klarzuwerden. Sie sollen sich ja nicht dressieren, sondern mit dem Verhalten auch Ihre Denkgewohnheiten ändern.

Die Bewußtheit

Durch den beschriebenen Trainingsplan beschäftigen Sie sich mit Ihren Schwierigkeiten viel bewußter. Die Trainingsart führt Sie zu Überlegungen, die Sie sich sonst nie so systematisch gemacht hätten. Durch bewußtes Arbeiten an Ihren Schwierigkeiten lernen Sie sich selbst viel besser kennen, und Sie suchen nach einem Weg zur Überwindung.
Die aktive Arbeit an der Überwindung eines geringen Selbstbewußtseins ist natürlich nicht ohne Mühe, sie erfordert sogar sehr großen Aufwand. Es kann vorkommen, daß Sie plötzlich auf eine untere Stufe zurückfallen. Lassen Sie sich davon nicht mutlos machen. Das kommt immer wieder einmal vor. Sie sollten dann an dieser Stufe erneut bewußt arbeiten. Sie müssen den Trainingsplan bejahen, damit er erfolgreich ist. Wenn Sie an die beschriebene Methode nicht glauben und Sie der Versuch nicht überzeugt, dann sollten Sie nicht weiter nach dieser Methode vorgehen, denn das hätte keinen Sinn.

Erforderliche Geduld

Es gibt Personen, die einfach nicht die Zeit haben und auch nicht die Geduld, nach diesem Trainingsplan zu arbeiten. Wer z. B. stark extravertiert ist, wird sich ungern abends vor sein Problem-Tagebuch setzen, sondern lieber einen Krimi am Bildschirm verfolgen. Wenn Sie zu unruhig sind, um täglich Ihre Eintragungen zu machen und die Hintergründe für Ihr selbstbewußtes oder weniger selbstbewußtes Verhalten zu erforschen, sollten Sie wenigstens mit einem vertrauten Bekannten oder Ihrem Ehepartner Ihre Erlebnisse durchsprechen. Wenn Ihr Zuhörer Verständnis und Geduld hat, ist diese Methode besser, als überhaupt nichts zu unternehmen. Sie müssen jedoch aufpassen, daß der Partner nicht versucht, Sie zu beinflussen und Ihnen Ratschläge erteilt, die Ihrer Persönlichkeitsstruktur nicht gemäß sind.

Begründung für den Trainingsplan

Zum Schluß dieses Kapitels noch eine Begründung für den Trainingsplan mit dem Problem-Tagebuch. Zunächst soll die Situation, in der geringes Selbstbewußtsein auftritt, genau erkannt, beschrieben und beobachtet werden. Durch die Selbstbeobachtung wird die Selbstkontrolle angeregt. Die kritischen Situationen sollen bewußt (anstatt verdrängt) werden.
Durch die Ermittlung einer Rangreihe besteht die Möglichkeit mit dem leichtesten zu beginnen, um nicht entmutigt zu werden. So wird ganz allmählich das Vertrauen in die eigenen Reaktions- und Verhaltensweisen gestärkt. Es ist unmöglich, geringes Selbstbewußtsein von einem Tag auf den anderen zum Verschwinden zu bringen oder gar in großes Selbstbewußtsein umzuwandeln. Das gelingt nur schrittweise. Ein kleiner Erfolg auf einer unteren Stufe stärkt das Selbstbewußtsein auf diesem Gebiet und erhöht die Motivation, weiter an sich zu arbeiten.

Veränderung der Einstellung

Eine Situation, die geringes Selbstbewußtsein weckt, soll kontrolliert werden. Die Einstellung zu dem Problem soll sich langsam wandeln. Es wird der Wille gestärkt, in Zukunft in ähnlichen Situationen gelassener zu reagieren und das geringe Selbstbewußtsein nicht mehr aufsteigen zu lassen. Wenn eine erfolgreiche Technik gefunden wurde, das Problem zu lösen, verstärkt die Selbstbelohnung die neue Technik. Verstärktes Verhalten tritt in Zukunft häufiger auf. Schrittweise wird so das geringe Selbstbewußtsein abgebaut und selbstbewußteres Verhalten aufgebaut. Da dieser Selbsterziehungsprozeß je nach Schwierigkeit und Hartnäckigkeit der Probleme einige Wochen oder Monate dauert, verlangt diese Methode Geduld und Ausdauer. Für sehr nervöse, ungeduldige oder extravertierte Personen eignet sich die beschriebene Technik nicht.

Wer das Problem-Tagebuch zu kompliziert und zeitraubend findet, sollte auf jeden Fall an der Veränderung seiner Einstellung zu sich selbst und der Umwelt aktiv arbeiten. Wer mit dem Problem-Tagebuch arbeitet, wird dazu natürlich gleichfalls aufgefordert.

Das Bewußtseinstraining

Im ersten Teil des Buches wurde die Entstehung des geringen Selbstbewußtsein an Fallbeispielen beschrieben. Sie haben erkannt, welche psychischen und körperlichen Vorgänge sich dabei abspielen.
Das geringe Selbstbewußtsein beruht auf Erlebnissen (Frustrationen des Selbstwertgefühls), die eine negative Einstellung zur eigenen Person und zu den Mitmenschen erzeugt haben.

Beispiel für die negative Einstellung zur eigenen Person

Die kleine Gaby wurde wegen Ihres Körpergewichts stets getadelt und kritisiert. Durch diese Frustrationen hat Gaby eine negative Einstellung zu ihrer körperlichen Erscheinung entwickelt. Die Minderwertigkeitsgefühle wurden chronisch, sie wurden zum Minderwertigkeitskomplex. Gaby hat ein geringes Selbstbewußtsein bezüglich ihres Aussehens.

Beispiel für die negative Einstellung gegenüber fremden Personen

Gaby wurde von ihrer Mutter stets vor sexuellen Erlebnissen behütet. Die Mutter schimpfte auf »die Männer« und malte der Tochter die Sexualität als ein schreckliches Übel in den düstersten Farben. Das erste sexuelle Erlebnis war für Gaby unglücklicherweise tatsächlich sehr unbefriedigend. Der junge Mann trennte sich anschließend mit zynischen Bemerkungen von ihr. Die bereits durch die Mutter gesäten Vorurteile und die erlebte Frustration zerstörten Gabys Selbstbewußtsein im sexuellen Kontakt. Gaby hat so eine negative Einstellung zur Sexualität und gegenüber dem sexuellen Verhalten der Männer gelernt.

Die positive Einstellung

Die negative Einstellung zu sich selbst oder gegenüber fremden Personen muß abgebaut werden und einer positiveren Einstellung weichen. Das Bewußtsein von den eigenen Möglichkeiten und Ihrer Entfaltung muß gestärkt werden.

Ein neues Bewußtsein überwindet die negativen Einstellungen und schafft eine positivere Einstellung. Deshalb ist auch für den Leser, der das Problem-Tagebuch führt, die Lektüre des folgenden Kapitels erforderlich. Dieses Kapitel soll Denkgewohnheiten ändern helfen und Impulse für einen Einstellungswandel geben.

Befreiung Ihrer Liebesfähigkeit

Immer noch glauben viele, daß der Sexualtrieb erst in der Pubertät erwacht – das ist nicht richtig. Er ist seit der Geburt vorhanden und wirksam. Mit dieser Entdeckung schockierte Sigmund Freud zu Anfang des zwanzigsten Jahrhunderts seine Zeitgenossen. Freud beschrieb verschiedene Stufen der sexuellen Entfaltung: orale Phase, anale Phase, phallische Phase, Latenzzeit und schließlich genitale Phase.

Die Sexualentwicklung

Freud erkannte den komplizierten Vorgang der Sexualentwicklung und welche Störungen entstehen können, wenn sich das Interesse auf der oralen, analen oder phallischen Phase fixiert hat. Die Befriedigung der ersten Lebensjahre spielt beim Erwachsenen immer noch eine wichtige Rolle. Das darf nicht verdrängt werden. Wenn eine Fixierung vorliegt, d. h. daß die Befriedigung einer Phase sich verselbständigt hat, kann eine Perversion entstehen.

Spannung und Entspannung

Bei der Fixierung werden andere sexuelle Regungen vedrängt. Wichtige erogene Zonen werden von der Befriedigung ausgeschlossen. Dadurch wird die gesunde, vollständige Harmonie des Geschlechtslebens und damit auch des Selbstbewußtsein geschwächt.

Die körperliche Sexualerregung (hervorgerufen durch Sexualhormone) drängt (deshalb die Bezeichnung

Trieb) nach Entspannung durch den Orgasmus. Die nicht vollständige sexuelle und seelische Befriedigung führt zu folgenden Symptomen, die nicht alle auf einmal auftreten müssen:

- Allgemeine leichte Reizbarkeit
- Verstärkte körperliche Unruhe
- Zornausbrüche bereits bei geringfügigen Anlässen
- Gefühl der Unzulänglichkeit
- Bedürfnis, aggressiv zu anderen Personen zu sein
- Bedürfnis, sich selbst zu schädigen
- Machtgelüste
- Neigungen zum verbalen Sadismus; Freude, andere Personen durch Zynismus, Ironie oder Pessimismus zu quälen
- Das vegetative Nervensystem gerät aus der Balance (siehe Seite 62)
- Apathie, Resignation

Stauung des unbefriedigten Rests

Diese Reaktionen bauen die vorhandene Spannung etwas ab, aber nicht vollständig und befriedigend. Aufgrund der Stauung und des unbefriedigenden Restes entsteht ein diffuses Gefühl der Angst. Als Reaktion darauf entsteht meist Anpassung. Aus Angst vor dem Leben, dem Biologischen in der eigenen Person, den Konflikten, die Aggression erzeugen, gibt sich der unbefriedigte, gehemmte Mensch freundlich und ausgeglichen. Aber hinter dieser Maske verbirgt sich Angst und Lust an der Zerstörung.
Die Maske der Freundlichkeit verrät sich meist an ihrer Übertriebenheit, sie wirkt etwas demonstrativ und gespielt. Dahinter verbirgt sich ein zwar angepaßter, aber unglücklicher, unbefriedigter und deshalb gefährlicher Mensch, der »über Leichen« geht, sobald sich die Möglichkeit dafür ohne Risiko bietet.

Egoismus und Rache

Sein Verhalten wird nachträglich als Egoismus bezeichnet und sogar entschuldigt, denn »jeder Mensch muß ja einen gesunden Egoismus haben«, um sich im Leben zu behaupten. In Wirklichkeit handelt es sich nicht um gesunden Egoismus, sondern um Rache für die erlebte Frustration. Der Mensch rächt sich an

den anderen z. B. mit Zynismus, Ironie, Kritik und Herabminderung ihres Wertes. Die Rache kann sich unter Alkoholeinfluß bis zum körperlichen Angriff steigern. Ein Streit wird provoziert, um andere Menschen zu schlagen oder gar zu töten.
Die Rache kann sich bei nach außen gehemmten Menschen auch gegen die eigene Person richten. Der unbefriedigte, frustrierte Mensch richtet die Zerstörungslust gegen sich selbst und wird krank. Damit will er sagen: »Seht her, was mit mir los ist! Helft mir!«

Die Ehe

Die Ehe ist eine Institution zur Entfaltung der Liebesfähigkeit und zum Abbau sexueller Energien. Sehr häufig ist jedoch einer der Ehepartner (oder auch beide) in seiner Liebesfähigkeit gestört. In diesem Fall ist die Ehe zum Scheitern verurteilt.
Der liebesfähige Partner kann dem gestörten Partner unter Umständen helfen. Meistens jedoch wird der seelisch Gesunde vom frustrierten Partner so enttäuscht, daß sich seine gesunde Liebesfähigkeit nicht entfalten kann. Falls er sich nicht scheiden läßt, verliert er an Selbstsicherheit. Enttäuschte Liebe verwandelt sich auf die Dauer sogar in Haß. Dadurch wird die Liebesfähigkeit zerstört. Der gestörte Partner wird weniger geliebt. Das ist für ihn eine Bestätigung dafür, daß er richtig handelt, wenn er nicht liebt, sondern sich skeptisch zurückhält.

Impulse werden geweckt

Der geliebte Partner wird sogar etwas gefürchtet, weil er sexuelle Impulse weckt, die unbefriedigend bleiben. Deshalb wird als Selbstschutz dem Sexuellen u. a. auch der Charakter des Bösen untergeschoben. Das ist eine Rechtfertigung, wenn der Ehepartner, der sexuelle Wünsche weckt, aggressiv und gereizt behandelt wird.

Die Versagung der Sexualbefriedigung führt u. a. zur Aggression. Wenn sich Sexualität und Aggression mischen, entsteht eine Perversion, der Sadismus. Die Versagung der Sexualbefriedigung kann auch zur Resignation führen. Wenn sich Sexualität und Resignation verbinden, entsteht keine Perversion, sondern eine Störung der körperlichen Liebesfähigkeit, die Impotenz oder Frigidität.

Prüderie des gehemmten Menschen

In unserer Gesellschaft herrscht nach wie vor trotz der Sexwelle eine starke Prüderie. Die volle Entfaltung der Sexualität wird unterdrückt. Aus dieser Unterdrückung resultiert der zwangsneurotische, hypermoralische Mensch. Man erkennt ihn an seiner Unduldsamkeit und Härte, mit der er eine strenge Moral fordert.

So lautet die prüde Ideologie des sexuell gehemmten Menschen:

1. Außerehelicher Geschlechtsverkehr ist tierisch, schmutzig, sündig.
2. Voreheliche Keuschheit und Askese ist unbedingt notwendig.
3. Onanie ist ein schlimmes Übel. Auch wenn sie nicht krank macht, verdirbt sie den Menschen in seiner Seele.
4. Prostitution ist notwendig, aber moralisch zu verurteilen.
5. Der Geschlechtsakt hat mit Liebe wenig zu tun, er ist für den Körper aber so notwendig wie Essen und Trinken.
6. Sexuelle und zärtliche Strebungen müssen nicht zusammenfallen. Die sexuelle Befriedigung kann man sich auch bei einer Geliebten holen. Der Ehepartner sollte vor allem ein solider Gesprächs- und Lebenspartner sein.

Die zwei Strebungen

Viele Menschen sind unfähig, ihre sinnlich-sexuellen und zärtlichen Strebungen zu vereinen. Deshalb hat immer nur die halbe Persönlichkeit bei ihren Liebesbeziehungen Anteil. Ein Beispiel soll das klar machen. Herr Kosti ist mit 35 Jahren immer noch Junggeselle. Er wirkt auf Frauen sehr ansprechend und hatte bisher viele Freundinnen. Aber keine Frau schaffte es, Herrn Kosti zu heiraten.
Herr Kosti hat nun wieder eine neue Freundin kennengelernt. In den ersten Wochen interessierte er sich

stark sinnlich-sexuell für sie. Jedesmal geschieht jedoch dann derselbe Prozeß. Die Freundin und Herr Kosti wollen intensiver zusammenfinden. Sie treffen sich jeden Tag und erzählen sich auch ihre beruflichen Probleme und sonstigen Lebensängste. Aus der anfänglich vorwiegend sexuellen Verbindung entwickelt sich eine Kameradschaft.

Impotenz

Von diesem Moment an kann Herr Kosti zu seiner Freundin kein sinnlich-sexuelles Begehren mehr entwickeln. Sobald sich die kameradschaftlichen Tendenzen verstärken, wird Herr Kosti impotent. Er benützt natürlich viele Ausreden, um sein plötzliches sexuelles Desinteresse zu verbergen.

Die Freundin spürt das Nachlassen der sinnlich-sexuellen Strebungen und fühlt sich ungeliebt. Sie spricht Herrn Kosti darauf an. Er wird wütend, es kommt zum Streit. Herr Kosti trennt sich von seiner Freundin und beginnt einen neuen Flirt. Dieser Vorgang wiederholt sich immer wieder.
Woran liegt das? Herr Kosti weiß es nicht. Wenn er darauf angesprochen wird, warum er noch nicht verheiratet sei, sagt er sehr einleuchtend: »Ich habe die Richtige noch nicht gefunden«.

Ein Jugenderlebnis

In Wahrheit leidet Herr Kosti an einer Störung seiner Liebesfähigkeit. Er kann seine sinnlich-sexuellen Strebungen und die kameradschaftlichen Tendenzen nicht »unter einen Hut bringen«. Das liegt an einem Jugenderlebnis. Seine erste Liebe scheiterte, als Herr Kosti seine Sorgen und Probleme schilderte. In dem Moment, als er eine freundschaftliche Beziehung aufbauen wollte, wurde Herr Kosti frustiert. Seine »erste Liebe« trennte sich von ihm und zog einen anderen Freund vor.
Herr Kosti erlebte also eine Frustration seiner kameradschaftlichen Tendenzen in dem Moment, als sich Sex und Kameradschaft vereinen wollten. Seit dieser Zeit kann Herr Kosti nur noch eines ungehemmt entfalten: entweder seine Sinnlichkeit und Sexualität oder seine Kameradschaftlichkeit.

Zusammenklang der Strebungen

Herr Kosti besitzt ein geringes Selbstbewußtsein gegenüber dem anderen Geschlecht. Er hat Minderwertigkeitsgefühle, die er zu unterdrücken versucht, sobald er bei einer Frau seine freundschaftlichen Strebungen entfalten will. Zur Entfaltung der Liebesfähigkeit gehört jedoch der Zusammenklang beider Strebungen.
Herrn Kosti wurde dieses Problem in einem Gespräch mit einem Psychologen bewußt. Er versuchte, in Zukunft darauf zu achten, und seit dieser Zeit nahm seine Impotenz (die sein Selbstbewußtsein schwächte) immer mehr ab.

Für den selbstbewußten, psychisch gesunden Mann ist der Geschlechtsverkehr kein Potenzbeweis, kein Racheakt und auch keine lästige Ehepflicht. Die selbstbewußte Frau fühlt sich auch nicht als Sexualobjekt, da sie ihre Genitalität bejaht.

Ursachen der Minderwertigkeitsgefühle

Viele Frauen haben sexuelle Minderwertigkeitsgefühle. Für Sigmund Freud war der »Penisneid« die Ursache dafür. In Wahrheit ist wohl häufiger die sexual- und körperfeindliche Erziehung im Elternhaus die Ursache. Hinzu kommt, daß viele Männer ihre Minderwertigkeitsgefühle an den Frauen abreagieren.

Emanzipation als Kampf

Der Mann hat keinen Grund, sich der Frau überlegen zu fühlen. Er ist weder besser noch schlechter, weder intelligenter noch dümmer. Und trotzdem versuchte der Mann durch die Jahrhunderte immer wieder, die Frau in ihrem Wert zu vermindern und sich selbst auf eine höhere Stufe zu stellen. Es sollte einmal untersucht werden, welche tief verwurzelten Minderwertigkeitsgefühle den Mann bis heute dazu veranlassen.
Mit der Emanzipationsbewegung wehren sich immer mehr Frauen gegen die Machtstellung des Mannes. Das führt zu einem Kampf der Geschlechter, der bei vielen Männern Impotenz verursacht.

Mächtige innere biologische Bedürfnisse drängen zur sexuellen Befriedigung. Minderwertigkeitsgefühle und

Machtkämpfe (Drang nach Überlegenheit) verhindern eine problemlose Selbstentfaltung in der Liebe. Das führt erneut zu Minderwertigkeitsgefühlen und Machtkämpfen – besonders in der Ehe.

Geforderte Monogamie

In der traditionellen Form der Ehe kann der eine Partner den anderen unterdrücken und in der Entfaltung seines Selbstwertgefühls hindern.
Sich diese Situation bewußt zu machen bedeutet gleichzeitig, die Ehe in ihrer überlieferten Form in Frage zu stellen. Unsere Zeit sucht wie keine Epoche vor ihr nach besseren und glücklicheren Wegen zur Partnerschaft.

Diese Versuche zur Umgestaltung sollten von allen Seiten unterstützt werden, denn nach meinen Erfahrungen als Psychologe kann die traditionell geführte Ehe eine große Belastung sein. Schauen Sie sich selbst einmal kritisch in Ihrem Bekanntenkreis um. In wie vielen Ehen entdecken Sie eine glückliche Liebesbeziehung und in welcher großen Zahl von Ehen sind die Partner nach einer gewissen Zeit frustriert, gelangweilt, resigniert und aggressiv.

Beispiel

Wer in einer unglücklichen Ehe lebt, glaubt trotzdem an die Ehe als eine glückbringende Institution. Ein Beispiel soll das illustrieren. Herr Baumbach kommt in meine Praxis und will sich beraten lassen, weil seine Darmbeschwerden (Schmerzen, Krämpfe, Durchfall) durch konventionelle medizinische Behandlung bisher nicht nachgelassen haben.
Herr Baumbach (36 Jahre) ist beruflich erfolgreich (Abteilungsleiter in der Chemie-Industrie), hat zwei Kinder und sagt, er sei »einigermaßen glücklich verheiratet«. Was heißt einigermaßen? Im Laufe der Gespräche wird sichtbar, daß er unter starken Schuldgefühlen leidet, weil er mit seiner Frau kaum noch sexuell verkehrt. Er fühlt sich bei seiner Frau impotent, weil er sie nicht mehr begehrt. Da Herr Baumbach attraktiv aussieht, hat er keine Probleme, mit Frauen (die er beruflich kennenlernt) schnell in guten Kontakt zu kommen.

Ein Konflikt in der Ehe

Herr Baumbach hat seinen Sexualtrieb nicht unterdrückt. Er meldet sich sehr stark, sobald er eine Frau kennenlernt, die ihn interessiert. Nur bei seiner eigenen Frau hat er »keine Lust auf Geschlechtsverkehr«. Er fühlt sich in folgendem Konflikt:

Er will die Ehe mit seiner Frau nicht aufgeben, weil er glaubt, daß er das seiner Frau nicht antun kann. Außerdem scheut er die finanzielle Belastung einer Scheidung (Unterhaltszahlungen für Frau und Kinder) und die Gewissensbelastung, die Kinder nicht in einer intakten Familie heranwachsen zu lassen.
Er spürt andererseits seinen Sexualtrieb sehr stark und möchte mit 36 Jahren auf Geschlechtsverkehr noch nicht verzichten. Aber bei seiner Frau fühlt er sich unbefriedigt. Da sie ihn häufig an seine »ehelichen Pflichten« erinnert und ihm ihre Liebe beteuert, fühlt er sich als Versager.
Er hält sich für »menschlich unzulänglich«, weil er seine Frau sexuell nicht so begehrt, wie sie es von ihm erwartet, und wie es auch die Gesellschaft und die herrschende Sexualmoral von »einem Ehemann« erwartet.

Was ist »normal«?

Herr Baumbach glaubt, daß seine Ehe unglücklich ist, weil er »nicht ganz normal sei«. Er hält es für selbstverständlich, daß er seine Frau begehren muß und ist überzeugt, daß andere Ehepaare glücklicher sind. Die Institution Ehe stellt er nicht in Frage. Er hat Minderwertigkeitsgefühle folgender Art: »Ich bin verkorkst, weil ich andere Frauen sexuell mehr begehre als meine Ehefrau. Ich bin unzulänglich, also kein Wunder, daß meine Ehe unglücklich ist«.

Als Reaktion auf dieses Minderwertigkeitsgefühl stürzte sich Herr Baumbach mit Energie in seine Arbeit und versuchte, durch beruflichen Aufstieg seine Ehe zu verbessern. Geschenke sollten die mangelnde sexuelle Liebesfähigkeit ausgleichen. Aber dadurch verbrauchte er viel Energie für den Beruf und wurde sexuell an seiner Frau noch desinteressierter. Er wich ihren Zärtlichkeiten aus. Beim Fernsehen konnte er ihre körperliche Berührung (Hand halten) nicht ertragen.

Drei Möglichkeiten

Versetzen Sie sich einmal selbst in die Rolle des Psychologen. Was würden Sie Herrn Baumbach raten? Es gibt folgende Möglichkeiten:

1. Herr Baumbach läßt sich scheiden und heiratet eine Frau, die er sexuell begehrt.
2. Herr Baumbach befriedigt seinen Sexualtrieb bei einer Geliebten und hält die Ehe aufrecht.
3. Herr Baumbach versucht, seinen Sexualtrieb bei seiner Frau zu entfalten. Er gibt sich Mühe, läßt sich psychologisch beraten und schickt auch seine Frau in die Behandlung.

Jeder der drei Ratschläge hat seine Vor- und Nachteile. Das soll kurz erläutert werden.

Rat 1

Die Scheidung ist für Herrn Baumbach eine starke finanzielle Belastung. Mit der nächsten Frau kommt er womöglich in denselben Konflikt, dann beginnt das gleiche Spiel erneut. Herr Baumbach hat jedoch die Möglichkeit, eine Frau kennenzulernen, die er sehr liebt und mit der die Ehe glücklich wird. Das ist der optimistische Gedanke, der die monogame Ehe überhaupt am Leben hält.

Nach meinen persönlichen Erfahrungen sind die Chancen dieser idealen Liebe jedoch sehr gering. Ich schätze, daß auf 1000 Ehen nur 50 wirklich glückliche Ehe- und Liebesbeziehungen (auf Dauer eines Lebens) kommen. Das heißt, daß nur etwa 5% der Ehen wirklich glücklich verlaufen.
Soll man Herrn Baumbach raten, mit dieser geringen Wahrscheinlichkeit für die Zukunft seine Ehe scheiden zu lassen?

Rat 2

Herr Baumbach erhält die Ehe aufrecht und befriedigt seinen Sexualtrieb bei einer Geliebten. Diese Lösung ist in der Mittel- bis Oberschicht der Bevölkerung weit verbreitet. Für Männer, die dabei keine Schuldgefühle und psychosomatische Symptome wie Herr Baumbach entwickeln, ist diese Lösung durchaus praktikabel. Aber für Herrn Baumbach, der bereits Darmbeschwerden hat und in seinem Selbstwertgefühl angeknackst ist, ist das nicht die richtige Lösung.

Rat 3 Diese Lösung ist die beste, wenn sie sich realisieren läßt. Frau Baumbach war jedoch total uneinsichtig. Sie fühlte sich im Recht und wollte geliebt werden. Sie hatte kein Schuldgefühl, denn sie war ihrem Mann treu. Sie ließ ihr Gefühl nicht in Frage stellen. Sie wollte mit ihrem Mann sexuell verkehren. Sie erwartete die Liebe ihres Mannes geradezu als Selbstverständlichkeit.

Der Versuch, dem Rat 3 zu folgen, scheiterte, Herr Baumbach begehrte seine Frau sexuell nicht stärker als früher. Seine Symtome verstärkten sich. Er fühlte sich erneut als Versager, da er die Lösung 3 nicht verwirklichen konnte.

Was nun? Übrig blieb Lösungsweg 1. Herr Baumbach wollte sich jetzt scheiden lassen. Aber seine Frau stellte sich quer. Sie war mit der Ehe also trotz »Nichterfüllung ehelicher Pflichten« zufrieden, da Herr Baumbach seine Impotenz durch finanzielle Potenz wieder wettmachte.

Wie sollte es weitergehen? Herr Baumbach fühlte sich ratlos, unglücklich und krank. Pessimismus und Lebensangst machten sich als Grundstimmung in seiner Seele breit. Er genoß sein Leben nicht, sondern brachte einen Tag nach dem anderen unlustig hinter sich.

Den Konflikt akzeptieren Herrn Baumbach konnte jetzt nur durch ein Bewußtseinstraining geholfen werden. Er mußte seinen Konflikt akzeptieren und aktiv lösen. Es wurden ihm alle drei Lösungsmöglichkeiten bewußt gemacht. Er sah, daß nur Lösung 1 eine akzeptable Zukunft für ihn bedeutete. Sie lautete: »Herr Baumbach läßt sich scheiden und heiratet eine andere Frau, die er sexuell begehrt«.

Mit Herrn Baumbach wurde durchgesprochen, was er von der Liebe erwartet. Es wurde erkannt, daß sexuelles Glück für ihn sehr wichtig war. Seine Ehefrau empfand er als sexuell starr und unkreativ. Er hatte den falschen Partner zu voreilig geheiratet. Diese schnelle Wahl sollte korrigiert werden. Herr Baumbach wollte einen Partner suchen, der sexuell seinen Vorstellungen besser entsprach.

Bei dem Bewußtseinstraining stellte sich heraus, daß Herr Baumbach seine Frau körperlich nicht erotisch anziehend fand. Auch die Art ihres Denkens lag ihm nicht. Es wurde ihm empfohlen, mit seiner Frau über diese Probleme zu sprechen und ihr klarzumachen, daß eine Trennung besser sei als ein trostloses weiteres gemeinsames Leben.

Mut zu den eigenen Wünschen

Herr Baumbach nahm sein Leben nun mit wacherem Blick aktiv in die Hand. Er faßte Mut, seine Wünsche und Vorstellungen offen auszusprechen. Er konnte seiner Frau sagen, daß er sie nicht liebte. Das erleichterte ihn so sehr, daß sich seine Darmbeschwerden besserten, allerdings nicht ganz, denn das Problem war noch nicht gelöst.

Entwicklung neuer Hoffnung

Aber das Selbstbewußtsein Herrn Baumbachs wuchs, weil er seine Probleme aktiv zu lösen versuchte. Ob seine Aktivität erfolgreich sein wird, ist natürlich ungewiß. Aber Herr Baumbach hatte neue Hoffnung entwickelt. Er hoffte, daß er zu den 5 % der Bevölkerung gehört, die irgendwann in ihrem Leben eine glückliche Liebesbeziehung entfalten können.

Das Beispiel zeigt, daß es keine allgemeingültigen Regeln gibt. Jeder muß sein Leben selbst aktiv in die Hand nehmen. Er muß begangene Fehler zugeben können und seine Liebesfähigkeit ehrlich zu entfalten versuchen.

Offene Aussprache

Zur Liebe kann niemand gezwungen werden. Wenn Sexualität, Zärtlichkeit und Freundschaft in einer Verbindung nicht zusammenkommen, sollte die Situation offen durchgesprochen werden. Es sollte eine positive Lösung für die Zukunft gefunden werden, denn jeder Mensch hat ein Recht auf volle Entfaltung seiner Liebesfähigkeit.

Ehekrisen sind normal

Ehekrisen sind normal. Kein Paar bleibt auf die Dauer davon verschont. Der Sexualforscher und Freudnachfolger Wilhelm Reich schrieb 1926 über die Hauptkrise der Ehe: »Jahrelange Monogamie bringt eine Abstumpfung der genitalen Anziehung mit sich, die nur selten in stille Resignation ausläuft. Viel häufiger führt sie zu schweren Konflikten in der Ehe.«
Die Gründe dafür sind vielfältig. Die sexuelle Befriedigung ist in der Ehe leicht möglich. Es besteht keine Notwendigkeit, den Partner zu erobern. Die Spannung der Eroberung läßt also nach. Wenn das Erobern wegfällt, schwindet bei vielen Männern das Verlangen. Wenn die Frau den Geschlechtsverkehr als eheliche Pflicht erwartet, entsteht als Gegenreaktion Impotenz und im schlimmsten Fall Haß.

Die Frau will erobert werden, sie möchte sich nicht nur sachlich für den Geschlechtsverkehr bereithalten, nur um sich vor dem Gesetz keiner Eheverfehlung schuldig zu machen. Je selbstverständlicher der Sexualverkehr wird, desto mehr stumpft er ab.

Der Streit-Trick

Manche Ehepaare helfen sich in diesem Dilemma mit einem unbewußt angewandten Trick: Sie streiten sich. Nach dem Streit muß der Ehemann versuchen, seine Frau wieder zu erobern. Sie hat auf diese Weise das Gefühl, daß sie sich nicht dazu hergeben muß, sondern daß sie darüber entscheiden kann, ob sie sich erobern lassen will oder nicht. Er hat das Gefühl, wieder ein Eroberer zu sein. Bei beiden ist das Selbstwertgefühl gestiegen.

Die meisten Ehepartner stehen nach einiger Zeit fassungslos vor dem Nachlassen der sexuellen Anziehung. Sie fühlen sich deshalb schuldig und sogar minderwertig, weil ihnen niemand sagt, daß dieser Vorgang normal ist. Da die Befriedigung nicht mehr so intensiv ist, verstärkt sich das Interesse für andere Partner, die sexuelle Neugier wecken. Zunächst wird der Wunsch in Träumen und Phantasien abreagiert.
Die Untreue wird abgelehnt, weil sie als unmoralisch und sündhaft gilt. Es können sehr schwere Schuldgefühle entstehen. Deshalb werden sexuelle Wünsche meist verdrängt. Es droht die seelisch-körperliche Erkrankung, wenn die Treue weiter auf einem Zwang und einer Hemmung der sexuellen Entfaltung beruht.

Persönlichkeitsveränderungen

Der beschriebene Konflikt führt sogar zu Persönlichkeitsveränderungen. Sexuelle Askese (die in der Ehe sehr häufig ist) führt zur Steigerung der allgemeinen Ängstlichkeit. Glückliche sexuelle Befriedigung fördert dagegen die Unerschrockenheit und steigert das optimistische, mutige Lebensgefühl.
Der impotente Mann und die frigide Frau fühlen sich dagegen minderwertig. Sie halten sich auch auf anderen Gebieten für schwach. Die sexuelle Befriedigung ist also notwendig für die Erhaltung eines gesunden seelischen Gleichgewichts und eines gut begründeten Selbstbewußtseins.

Elementare Frustration

Ein unbefriedigendes Geschlechtsleben ist gefährlich. Die unbefriedigte Sinnlichkeit bleibt nicht stumm. Sie ist eine elementare Frustration, die Reaktionen im Körper und der Seele verursacht. Sie führt zur Resignation (Anpassung) oder zur Aggression. Es wurde wissenschaftlich bisher noch nicht untersucht, welche Reaktion häufiger vorkommt. Ich vermute aufgrund meiner bisherigen Erfahrungen, daß Resignation und Aggression gemischt auftreten.

Stauung des Entfaltungsdrangs

Die ängstliche Anpassung gegenüber allem, was mächtiger erlebt wird als das eigene schwache, unbefriedigte Ich, führt zu einer Stauung des elementaren

Entfaltungsdranges. Das führt zur aggressiven Entladung gegenüber Schwächeren (Sündenböcke). Die Schwächeren sind beispielsweise der Ehepartner, die Kinder, untergebene Mitarbeiter, Personen, die mit geringem Selbstbewußtsein auftreten. Frustrationen jeder Art werden also nach unten weitergegeben. Dort erzeugen sie neue Frustrationen und erneute Resignation und Aggression.
Eine Gesellschaft, die mit strengen monogamen Moralgrundsätzen die Sexualität unterdrückt, neigt zur resignierenden Anpassung, zur Kompensation der Minderwertigkeitsgefühle durch Leistung und zur Steigerung der Aggressivität.

Entfaltung Ihrer weiteren Fähigkeiten

Mit dieser Aufforderung sind nicht nur die Leistungsfähigkeiten gemeint, wie z. B. Intelligenz, Kreativität, Gedächtnis, Konzentrationsfähigkeit. Zu Ihren Fähigkeiten gehören auch Persönlichkeitseigenschaften wie Kontaktfähigkeit, Optimismus, Toleranz, soziales Einfühlungsvermögen und Sensibilität.

Eltern-Argumente

An der Entfaltung der Leistungsfähigkeit und Ihrer Persönlichkeitseigenschaften wurden Sie in der Kindheit gehindert. Diese Unterdrückung setzt sich bis ins Erwachsenenalter fort. Wenn die Eltern nicht wollen, daß ihr Kind aufs Gymnasium geht, weil es ihnen angenehmer ist, wenn ihr Kind rechtzeitig Geld verdient, dann geschieht das mit den entmutigenden Argumenten: »Du bist eben nur Durchschnitt. Fürs Gymnasium müßtest du intelligenter sein.«

Dieses Argument haftet am Selbstbewußtsein eines Kindes. Es fühlt sich in seiner intellektuellen Entfaltung von Anfang an gehemmt. Später bleibt nur noch der mühsame zweite Bildungsweg. Aber dazu sind viel Energie, Dynamik und Entfaltungsdrang erforderlich. Meist ist jedoch der unterdrückte und in seiner Entfaltung von der Umwelt gehemmte Mensch dazu dann nicht mehr in der Lage. Großen Schaden richtet das

Vorurteil an, die Intelligenz sei hauptsächlich ererbt. Diese Meinung hat verheerende Folgen, weil dann schlechte oder durchschnittliche Schulnoten als Schicksal interpretiert werden, gegen das man nicht angehen kann.

Intelligenztests haben zwar gezeigt, daß es erhebliche Intelligenzunterschiede zwischen den Menschen gibt. Aber sie beruhen nicht auf unterschiedlicher Intelligenzvererbung, sondern auf Faktoren, die die Entfaltung förderten oder hemmten. Wissenschaftliche Untersuchungen haben gezeigt, daß die Intelligenz von folgenden Faktoren gehemmt wird:

Das hemmt die Intelligenz

- Niederes soziales Milieu des Elternhauses.
- Seelische und körperliche Krankheiten.
- Liebloser und strafender Erziehungsstil der Eltern.
- Strafender und gleichgültiger Erziehungsstil der Lehrer und Chefs.

Diese Faktoren fördern die Intelligenz:

Das fördert die Intelligenz

- Hohes soziales Milieu des Elternhauses.
- Seelische und körperliche Gesundheit.
- Liebevoller und lobender Erziehungsstil der Eltern.
- Lobender und fördernder Erziehungsstil der Lehrer und Chefs.

Kinder aus gehobenem sozialen Milieu haben also Vorteile, ihre Intelligenz zu entfalten. Sie sind in ihrer Sprachentwicklung weiter als Kinder aus der Unterschicht.

Ist Intelligenz angeboren?

Sie sollten gegen das Vorurteil, Intelligenz sei vorwiegend angeboren, protestieren. Wer die Vererbung der Intelligenz betont, hält sich unausgesprochen selbst für intelligent und will sich einer Elitegruppe zugehörig fühlen. Der »Unintelligente« entschuldigt mit der Vererbung seine Resignation. Der Gedanke ist für ihn

außerdem bequem: »Das ist eben Schicksal, daß ich nicht zu den Intelligenten gehöre.«
Denken Sie nie wieder, daß Intelligenz vorwiegend angeboren ist. Lassen Sie Ihr Selbstbewußtsein davon nicht mehr drücken, und hemmen Sie auch nicht das Selbstbewußtsein Ihrer Kinder. Entfalten Sie Ihre Fähigkeiten und Intelligenz. Resignieren Sie nicht. Es besteht für Sie kein Grund, ein geringes Selbstbewußtsein auf intellektuellem Gebiet zu haben.

Das gleiche gilt für andere Leistungsfähigkeiten. Auch die Kreativität haben nicht nur wenige gepachtet. Jeder kann kreativ und schöpferisch sein. Erinnern Sie sich: In Ihrer Kindheit wurden Ihre schöpferischen Impulse vielleicht nicht genügend beachtet und gefördert. Man hat Sie zur Anpassung gezwungen. Sie sollten »ordentliche Leistungen« bringen. Ihre Ideen hat niemand ernstgenommen.

Werden Sie kreativ

Befreien Sie sich von diesen einprogrammierten Enttäuschungen. Sie können kreativ sein, wenn Sie sich nicht länger unterdrücken lassen. Befreien Sie Ihr Denken, lassen Sie Ihre Gedanken und Ideen nicht länger von Ihren Mitmenschen abwerten.

Es gibt Bücher mit Programmen zur Kreativitätsschulung. Kaufen Sie sich diese Bücher und üben Sie nach diesen Programmen. Sie können Ihre Kreativität entfalten, wenn Sie genügend Energie und Dynamik dafür einsetzen.

Entfalten Sie Ihre Persönlichkeit

Das gleiche gilt für alle anderen Fähigkeiten und Persönlichkeitseigenschaften. Eine Persönlichkeit oder ein Charakter sind nicht schicksalhaft angeboren. Sie können sich aus diesem Schema befreien. Sie können sich ändern. Sie müssen nicht so bleiben, wie man Sie erzogen hat. Sie können Ihre Persönlichkeit entfalten und über sich selbst verfügen. Dieses Kapitel soll eine Aufforderung dazu sein. Überlegen Sie sich nochmals, falls Sie das Problem-Tagebuch nicht geführt haben, ob Sie nicht doch damit beginnen wollen.

Selbstsicherheit und der Sinn des Lebens

Können Sie den Sinn Ihres Lebens benennen? Schreiben Sie in Ihr Problem-Tagebuch eine Rangliste Ihrer Lebensziele. Aus Ihren Zielen können Sie die Vorstellung vom Sinn Ihres Lebens ableiten.

Lebensziele 1 Ein Beispiel für die Rangreihe der Lebensziele. Herr Bülow, 27 Jahre alt, verheiratet, zwei Kinder, kaufmännischer Angestellter, stellte folgende Liste auf:

1. Reichtum und Unabhängigkeit
2. Beruflicher Einfluß, Aufstieg, mehr Verantwortung
3. Glückliche Familie, gesunde Kinder
4. Mehr Freizeit für Hobbys
5. Gute Freundschaften pflegen

Der Sinn des Lebens liegt für Herrn Bülow also vorwiegend im Berufserfolg und in materiellem Besitz. Herrn Bülows Selbstbewußtsein ist daran gekoppelt. Je mehr er seine Ziele verwirklichen kann, um so selbstbewußter ist er.

Lebensziele 2 Ein anderes Beispiel für eine Rangreihe der Lebensziele stammt von Herrn Montan, 30 Jahre alt, unverheiratet, Hochschulassistent. Er stellte folgende Liste auf:

1. Wissen ansammeln und Entfaltung meiner Intelligenz
2. Auf eine höhere geistige Stufe kommen
3. Anderen Menschen nützlich sein
4. In meinem Fachgebiet etwas leisten

Für Herrn Montan liegt der Sinn des Lebens vorwiegend auf intellektuellem Gebiet. Er möchte seine geistigen Fähigkeiten entfalten.

Jeder Mensch will seine Lebensziele verwirklichen.
Das Leben erscheint unglücklich, wenn Wertvorstellungen durchkreuzt werden und sich Lebensziele nicht realisieren lassen.

Das sind die sechs wichtigsten Wertvorstellungen
(Die Reihenfolge ist keine Rangfolge):

1. Theorie, intellektuelle Leistungen
2. Ökonomie, berufliche Karriere
3. Ästhetik, Schönheit, Kunst
4. Soziale Interessen
5. Macht, politischer Einfluß
6. Religion, Mystik
7. Liebe

Beispiel Napoleon

Oft strebt ein Mensch nach mehreren Wertvorstellungen zugleich. Napoleon zum Beispiel war neben seinem Machtstreben auch für Ästhetik und Kunst aufgeschlossen. Sein Machtstreben stand jedoch im Vordergrund. Ästhetik war für ihn wahrscheinlich nur Statussymbol zur Demonstration seines Rangs.

Veränderung der Wertbörse

Die Wertvorstellungen können sich ändern. Robert Jungk, Honorarprofessor für Zukunftsforschung an der TU Berlin, äußerte im Juni 1972 in einem Interview mit dem Wirtschaftsmagazin Capital: »Ich denke etwa an die Forschungen meiner Kollegen Baier und Resher in Pittsburgh, die wie auf einem Börsenzettel das Steigen und Fallen weltanschaulicher Werte fixiert haben. Danach steigen Werte wie Kollegialität, Hilfsbereitschaft, Sicherheit und Gefühlswärme, und es fallen Kariere, Geld und Prestige.«

Der Wille zur Macht

Ob ein Mensch hilfsbereit oder egoistisch, pessimistisch oder optimistisch, mutig oder feige, geradlinig oder verschlagen ist, hängt auch davon ab, wie er mit seinen Minderwertigkeitsgefühlen fertig wird.
Die meisten haben ihr Streben nach Macht und Geltung verdrängt. Der Wille zur Macht und Prestige ist unbewußt. Er kann jedem gewählten Wertgebiet zugrunde liegen. Das zeigt folgende Aufstellung:

- Der Verstandesmensch sucht intellektuelle Überlegenheit.
- Der ökonomisch orientierte Mensch will durch Geld und Besitz seine Überlegenheit zeigen.

- Der Ästhet sucht durch Kunstgenuß mehr zu sein als andere.
- Der soziale Mensch will durch soziale Handlungen beweisen, daß er anderen Leuten nützt. Dadurch stärkt er sein Gefühl der Überlegenheit. Er kann auf die unsozialen Egoisten schimpfen und sich dadurch als etwas Besseres fühlen.
- Der Machtmensch strebt nach Prestige und Überlegenheit. Er scheut sich nicht, seine Statussymbole offen zu zeigen.
- Der religiöse Mensch verschafft sich Überlegenheit durch sein intimeres Verhältnis zu Gott.

Beachten Sie Ihre Gefühle

Der Selbstunsichere kann sich meist nur schwer durchsetzen. Er hat keinen Mut, seine Ziele und Wünsche offen anzugehen. Er ist zaghaft und läßt sich von selbstsicheren Menschen und Autoritäten leicht einschüchtern. Durch seine Bescheidenheit und Zurückhaltung wird er noch unsicherer. Er kann sich nur gegenüber Schwächeren durchsetzen. Seine Selbstbehauptung ist hier sogar übertrieben forsch. Hier wagt er, sein Machtbedürfnis und seine Sehnsucht nach Überlegenheit heftig auszuleben.

Behauptung gegenüber Schwächeren

Weil der Selbstunsichere spürt, daß die Selbstbehauptung gegenüber Schwächeren keine großartige Leistung ist, fühlt er sich nicht zufrieden. Sein Selbstbewußtsein wächst nicht, sondern wird noch geringer.
Deshalb sollten Sie nie nach unten, sondern nach oben treten. Das ist leicht gesagt und schwer zu realisieren. Sind Sie kritisch gegenüber dem Verhalten von Eltern, Chefs, Bekannten und Freunden, die Sie unterdrücken und mit ihrer Macht erpressen wollen. Lassen Sie sich nicht in Ihrer individuellen Persönlichkeit vergewaltigen. Sie haben ein Recht auf Entfaltung Ihrer Person. Niemand darf Ihnen Vorschriften machen. Beachten Sie mehr Ihr Gefühl. Das führt Sie näher zur Wahrheit.

Selbstverwirklichung als Aufgabe

Jeder muß sich selbst verwirklichen. Diese Aufgabe kann Ihnen niemand abnehmen. Sie müssen sich selbst finden. Die Mitmenschen können Ihnen dabei nicht helfen. Sie wollen Sie nur nach ihren egoistischen Zwecken beeinflussen. Lassen Sie sich das nicht gefallen.

Verwirklichen Sie Ihre eigenen Ziele. Gehen Sie Ihren eigenen Weg. Orientieren Sie sich nach den Vorstellungen von unabhängigen Menschen, nicht nur nach den Wünschen von Autoritäten (z. B. Eltern, Lehrer, Chefs). Bilden Sie sich Ihre eigene Meinung. Kämpfen Sie gegen Unrecht, das man Ihnen zufügt. Wer Unrecht hinnimmt, macht sich selbst mitschuldig. Diese Schuld spüren Sie, vielleicht nicht bewußt, aber unbewußt ist sie wirksam.

Beachten Sie Ihre Gefühle

Verlassen Sie sich in Zukunft mehr auf Ihr Gefühl. Sie spüren die Wahrheit. Der Verstand kann Sie »ganz logisch« in die Irre führen. Aber Ihr Gefühl führt Sie selten in die Irre. Wenn Sie sich auf Ihr Gefühl verlassen, spüren Sie, was für Sie wichtig und richtig ist.

Wenn Sie auf Ihr Gefühl hören, haben Sie auch eher den Mut zur Selbstbehauptung. Aus Ihrem Inneren holen Sie die tiefe Überzeugung. Wenn Sie sich nur auf Normen, Theorien und Meinungen abstützen, bleibt Ihre Energie schwach und oberflächlich.

Beginnen Sie neu

Haben Sie den Mut, sich mit Vernunft und Überlegung gegen die Meinung der Mehrheit und der Autoritäten zu stellen. Unternehmen Sie das, was Sie wirklich wollen und wünschen. Lassen Sie sich nicht mehr unterdrücken. Befreien Sie Ihre Wünsche, Ihre Gefühle und Ihre Sehnsüchte. Beginnen Sie neu.

Sie spüren in sich eine Kraft. Sie haben Gedanken, die Sie meist verdrängen. Lassen Sie diese Gedanken auf sich zukommen. Wehren Sie sie nicht ab. Sie können Ihre innersten Hoffnungen und Wünsche, die Sie schon längst begraben haben, realisieren. Sie waren bisher mutlos. Ihre Umwelt hat Sie klein, bescheiden und böse gemacht. Sie begnügten sich mit der kleinen Rache an den Schwächeren.

Die Problemliste

Gehen Sie Ihre Ziele jetzt mit mehr Mut an. Packen Sie Ihr Problem an der Wurzel. Worunter leiden Sie am meisten? Stellen Sie eine Rangliste auf.

Herr Munten machte folgende Liste. An erster Stelle stehen seine stärksten Probleme:

1. Ärger mit dem Chef. Er reagiert seine eigene Unzulänglichkeit an mir ab.
2. Die finanziellen Belastungen sind zu hoch (Bausparvertrag, Auto, Urlaub, neue Möbel).
3. Am Wochenende muß ich mich zu sehr der Familie widmen.
4. Meine Frau ist zu streitsüchtig.
5. Man hält mich für unintelligent.

Möglichkeiten der Lösung

Herr Munten sollte seine Probleme bei Punkt 5 anfangen aufzulösen. Zunächst sollte Herr Munten seiner Umwelt klarmachen, daß er intelligent ist. Er sollte immer wieder beweisen, daß er über einen Verstand verfügt, den er auch einsetzt, und sich selbst klarmachen, daß er an seiner mangelnden Schulbildung nicht selbst Schuld ist und daß sie kein Beweis für mangelnde Intelligenz ist.
Dann sollte Herr Munten seiner Frau sagen, daß er ihre Streitsucht nicht mag. Er sollte ihr sagen, daß er sie liebt, aber den Kopf deshalb nicht in den Sand steckt. Er sollte am Wochenende auch seine Hobbys pflegen und seiner Familie sagen, daß er ein Recht auf Entfaltung seiner Interessen hat. Das gleiche Recht gesteht er ja jedem Familienmitglied zu.

Wenn Herr Munten das alles geschafft hat, kann er auch seine finanziellen Belastungen vermindern. Er löst seinen Bausparvertrag auf und plant einen billigeren Urlaub in Deutschland. Neue Möbel werden nicht angeschafft, weil sie das Lebensglück nicht vergrößern.
Wenn Herr Munten so weit ist, dann kann er auch die Autorität seines Chefs verkraften. Wenn man sich selbst ändert, kann man nicht erwarten, daß sich alle anderen auch ändern.

Eigene Selbstsicherheit gibt anderen auch Selbstsicherheit

Selbstsicherheit gibt Distanz, Verständnis und Toleranz. Man steht mehr über den Dingen, nimmt sie nicht mehr so sehr persönlich und gewinnt damit die Fähigkeit, den anderen mit seinen Schwächen zu tolerieren und zu akzeptieren. Man nimmt z. B. autoritären oder aggressiven Menschen etwas den Wind aus den Segeln, wenn man gelassen (selbstsicher) auf ihre Ausbrüche reagiert. Man ist fähig, sie trotzdem ernstzunehmen und vermittelt damit beim anderen das Gefühl, daß es gar nicht notwendig ist, seine »Stärke« zu demonstrieren. Der autoritäre und aggressive Mensch, im tiefsten Innern unsicher, fühlt sich akzeptiert und gewinnt *auch* mehr Selbstsicherheit.

Entfaltung Ihrer Persönlichkeit

Jeder Mensch besitzt eine individuelle Persönlichkeitsstruktur. Das ist ein kompliziertes System von Charaktereigenschaften und Leistungsfähigkeiten. Jede Eigenschaft und jede Leistungsfähigkeit ist bei allen Menschen vorhanden, nur die Ausprägung variiert.

Ausprägung von Persönlichkeitseigenschaften

Die Ausprägung von Persönlichkeitseigenschaften entsteht im Laufe der Entwicklung in Lernvorgängen. Da entstandene Ausprägungen in einem Menschen »festsitzen«, man kann sogar sagen, daß sie einprogrammiert sind, entsteht der Eindruck, als hätte er diese Eigenschaften schon immer besessen. Das unterstützt den Glauben, daß die Persönlichkeitseigenschaften angeboren sind.

Die Eigenschaften sind so fest eingeprägt, daß sie sich nur schwer verändern lassen. Grund zur Veränderung besteht nur dann, wenn der Mensch oder die Umgebung unter der Eigenschaft leiden.

Mangelnde Förderung in der Kindheit

Meist geht es jedoch gar nicht darum, daß viele Eigenschaften verändert werden sollten, sondern um die volle Entfaltung der ganzen Persönlichkeit. Die meisten Menschen lassen Ihre Eigenschaften und Fähig-

keiten verkümmern. Sie werden nicht zur Entfaltung angeregt, sondern an der Entfaltung gehindert.
Die Kreativität ist z. B. eine Fähigkeit, die jeder Mensch besitzt, die jedoch nur selten entfaltet wird, weil sie in der Schule und von Eltern nicht richtig gefördert und beachtet wird. Ähnlich ergeht es vielen anderen Persönlichkeitsmerkmalen.

Nicht gefördert und entfaltet werden meist:

- *Künstlerische Talente,* weil sie als unseriös oder brotlos gelten.
- *Eidetische Fähigkeiten* (bildhaftes Vorstellungsvermögen), weil sie nicht beachtet werden.
- *Einfühlungsvermögen,* weil man nach dem Motto lebt: Jeder ist sich selbst der Nächste.
- *Großzügigkeit,* weil man glaubt, daß Ordnung und pedantische Korrektheit zum Erfolg führt.
- *Unabhängigkeit,* weil Abhängigkeit Sicherheit gibt.

Gefördert werden dagegen folgende Persönlichkeitsmerkmale:

- *Intelligenz,* weil sie das berufliche Weiterkommen fördert.
- *Anpassung,* weil sie einen problemlosen Umgang erleichtert.
- *Besitzstreben,* weil Besitz Sicherheit bietet und Geltung verschafft.
- *Fleiß,* weil er den Menschen brauchbar und nützlich macht.
- *Geltungsstreben,* weil es den Menschen ehrgeizig macht.

Wichtig für das Lebensglück

Über viele Persönlichkeitsmerkmale wird wenig gesprochen, weil man ihre Bedeutung nicht herabmindern will, aber auch ihren Wert nicht allzu stark betonen möchte: Liebesfähigkeit, Hilfsbereitschaft, Gemeinschaftsgefühl, Sinnlichkeit, Sensibilität. Aber gerade diese Eigenschaften sind für das Lebensglück besonders wichtig. Ein Mensch, der nicht liebesfähig und hilfsbereit ist, kein Gemeinschaftsgefühl kennt, nicht sinnlich und sensibel ist, kann nicht glücklich sein. Berufserfolg und Besitz nützen ihm nichts. Jeder braucht zwar genug Geld, um seinen Lebensunterhalt zu bestreiten, aber die wirklich wichtigen Dinge, die sein Leben glücklich machen, kann er nicht kaufen. Das sind: Liebe, Freundschaft und sinnliches Erleben.

Die Fixierung

Viele Manager z. B., die sehr erfolgreich sind, müssen plötzlich erkennen, daß sie nicht mehr genießen können. Sie haben die Freude am Genuß durch die Fixierung auf ihre Arbeit nie richtig entfaltet. Vor allem leidet die Liebesfähigkeit. Nach dem Streß des Alltags sind die Sinne stumpf, die Sexualität macht keinen Spaß mehr.

Die Kompensierung

Der Versuch, Minderwertigkeitsgefühle durch Berufsleistung zu kompensieren, ist meist zum Scheitern verurteilt. Die innerlich gefühlte Schwäche ist zwar ein Motor für gute Leistungen, vor allem mit aggressivem Trend (Konkurrenz überflügeln), aber die Minderwertigkeitsgefühle können dadurch nur überdeckt werden. Sie verschwinden nicht und treten mit der Müdigkeit und dem Gefühl, das Leben nicht voll gelebt zu haben, verstärkt auf.

Der Selbstmord

Im schlimmsten Fall nimmt sich der »arme Erfolgreiche« sogar das Leben. Der Neusser Psychotherapeut Dr. Hellmut Sopp schätzt, daß in den vergangenen fünf Jahren in Deutschland etwa 500 gutbezahlte Manager sich selbst töteten. Sie erkannten, daß sie ihr Lebensglück nicht gefunden hatten und resignierten. Mit dem Selbstmord hält man eine Möglichkeit der Besserung für unmöglich.

Bewußt bewältigter Streß

Wer sein Leben glücklich leben will, sollte dem Streß des Alltags bewußt begegnen und ihn bewältigen. Er sollte ungesunden Ehrgeiz senken und seine Persönlichkeit entfalten, vor allem seine Liebesfähigkeit und Kontaktfähigkeit. Er sollte sich um seine Freunde kümmern und die Karriere nicht mehr zu wichtig nehmen. Nur die Entfaltung der ganzen Persönlichkeit macht glücklich. Arbeit, Verantwortung und Anerkennung gehören natürlich auch dazu.

Denken Sie an Ihr Alter

Stellen Sie sich einmal folgende Frage: »Was würde ich tun, wenn mir der Arzt sagt, daß ich nur noch drei Monate lebe. In dieser Zeit habe ich keine Schmerzen und bin nicht bettlägerig.« Sicher geht es Ihnen jetzt genauso wie den meisten Menschen. Der Beruf wird plötzlich unwichtig. Sie würden eine Reise machen und das Leben in vollen Zügen genießen. Sie würden weniger Rücksicht auf Konventionen nehmen und nur noch nach Ihrem Geschmack leben. Sie würden endlich das tun, wonach Sie sich schon immer gesehnt haben. Plötzlich hätten Sie den Mut dazu, sich zu entfalten.

Stellen Sie sich diese Frage deshalb häufiger, wenn Sie beruflichen Ärger haben und mit Ihrem Leben unzufrieden sind. Sie werden feststellen, daß Sie dann mit mehr Selbstsicherheit die Dinge anstreben, die Ihnen wirklich wichtig sind.
Bedenken Sie einmal, wie lange Sie noch leben. Wenn Sie heute 30 Jahre alt sind, dann sind Sie in 40 Jahren 70. Leben Sie diese 40 Jahre bewußt, dann schauen Sie mit 70 Jahren nicht traurig auf die zerronnenen Jahre zurück.

Aufgaben zum Nachdenken

Betrachten Sie die folgenden Aufgaben bitte als Denkimpulse, um Ihre Bewußtseinsveränderung an konkreten Beispielen zu prüfen. Diese Aufgaben sind kein Test. Die »Lösungen« finden Sie deshalb direkt nach jeder Aufgabe.

Lesen Sie die Aufgaben aufmerksam durch. Es werden Situationen geschildert, in die Sie sich leicht hineindenken können. Es stehen jeweils drei Antworten zur Wahl. Kreuzen Sie bitte die Antwort an, die am ehesten auf Ihr Verhalten zutreffen könnte.

Das Testergebnis

1. Stellen Sie sich vor, daß Sie bei einem Test, der Selbstsicherheit mißt, unterdurchschnittlich abgeschnitten haben. Wie würden Sie auf dieses Testergebnis reagieren?

a) Ich finde mich damit ab, daß ich nicht sehr selbstsicher bin.
b) Ich denke, daß das Testergebnis wahrscheinlich nicht zutrifft.
c) Ich nehme mir vor, meine Selbstsicherheit zu verbessern.

Interpretation

a) Sie haben gelernt, unbefangen Ihre Schwächen einzusehen. Ihre Antwort zeigt aber auch, daß Sie noch nicht stark genug sind, Ihre Minderwertigkeitsgefühle als überwindbar anzusehen.
b) Sie benutzen einen Abwehrmechanismus, Sie rationalisieren ein Ihnen unangenehmes Gefühl. Durch Ihre Abwehr nehmen Sie sich die Möglichkeit einer wirklichen Verarbeitung.
c) Sie sind bereit, eine Schwäche aktiv zu bewältigen. Das ist eine gute Voraussetzung für ein erfolgreiches Training.

Angst vor einem Vortrag

2. Man bietet Ihnen an, über ein interessantes Thema einen kurzen Vortrag zu halten. Sie möchten diese Aufgabe zwar übernehmen, haben aber Angst, sich bei dem Vortrag zu blamieren. Was tun Sie?

a) Sie halten den Vortrag nicht.
b) Sie übernehmen die Aufgabe, lassen Ihr Manuskript aber von einem Kollegen vortragen.
c) Sie riskieren eine Blamage und halten den Vortrag.

Interpretation

a) Sie sollten mehr wagen, denn nur dann haben Sie auch die Chance, Erfolgserlebnisse zu bekommen, die Ihre Selbstsicherheit verbessern.
b) Sie bringen sich selbst um die Früchte Ihrer Arbeit. Dadurch, daß Sie die Verantwortung abschieben, können Sie kein wirkliches Erfolgserlebnis erhalten. Wird Ihr Manuskript negativ beurteilt, haben Sie keine Möglichkeit, Einwände zu widerlegen.
Wird Ihr Manuskript dagegen positiv beurteilt, werden Sie sich vorwerfen, den Vortrag nicht selbst gehalten zu haben.
c) Sie stehen für Ihre Leistung ein und bejahen die Verantwortung. Sie versuchen, Ihre Minderwertigkeitsgefühle zu überwinden, indem Sie bereit sind, Kritik an Ihrer Arbeit zu akzeptieren und zu verarbeiten. Damit sind Sie auf dem richtigen Weg zur Verbesserung Ihres Selbstbewußtseins.

Kritik

3. Sie haben erfahren, daß eine Kollegin Ihre Arbeit kritisiert hat. Wie verhalten Sie sich?

a) Sie reagieren darauf überhaupt nicht.
b) Sie kritisieren die Arbeitskollegin ebenfalls.
c) Sie erkundigen sich bei der Kollegin nach dem Grund für ihre Kritik.

Interpretation

a) Ist Ihnen die Kritik Ihrer Kollegin völlig gleichgültig? Nein. Ihr Verhalten zeigt, daß Sie nicht offen sind für neue Anregungen. Ihre Kollegin könnte mit ihrer Kritik ja auch Verbesserungen vorschlagen.

b) Diese Antwort zeigt Unsicherheit, denn sie zeigt, daß Sie sich schützen wollen, ohne die Kritik genau zu kennen.
c) Sie zeigen Selbstsicherheit, da Sie bereit sind, Ihre Arbeit zu verteidigen und sich mit Ihrer Kollegin offen auszusprechen.

Der Fortbildungskurs

4. Ihr Chef bietet Ihnen an, einen Fortbildungskurs auf Kosten der Firma zu besuchen. Wie verhalten Sie sich?

a) Sie lehnen ab, da Sie befürchten, die Erwartungen Ihres Chefs nicht erfüllen zu können.
b) Sie willigen ein, da Sie glauben, daß Sie den Wunsch Ihres Chefs respektieren müssen.
c) Sie willigen ein, weil Sie schon öfters daran gedacht haben, sich fortzubilden.

Interpretation

a) Sie sollten das Vertrauen, das andere Menschen in Ihre Fähigkeiten setzen, nicht ignorieren. Die Möglichkeit, zu versagen, sollte Ihnen nicht von vornherein die Initiative rauben.
b) Sie sollten Ihr Verhalten weniger an der Meinung anderer orientieren. Völlige Anpassung zeigt »falsches Selbstbewußtsein«.
c) Ihre Antwort zeigt Selbstsicherheit, da Sie eine Chance, Ihre Fähigkeiten zu fördern, mutig wahrnehmen.

Zeitung lesen

5. Sie sitzen während einer Bahnfahrt einem Herrn gegenüber, der Zeitung liest. Auf der Rückseite der Zeitschrift sehen Sie eine Artikelüberschrift, die Sie sehr interessiert. Wie verhalten Sie sich?
a) Sie bedauern, daß Sie die Zeitung nicht lesen können.
b) Sie merken sich den Namen der Zeitung, um sie bei der Ankunft am Bahnhofskiosk zu kaufen.
c) Sie bitten den Herrn, Sie diese Seite der Zeitung lesen zu lassen.

Interpretation

a) Sie hindern sich daran, Ihre Bedürfnisse zu befriedigen, ohne einen Grund dafür zu haben. Die Hemmung, einen fremden Menschen um etwas zu bitten, verrät Ihre Unsicherheit.
b) Sie realisieren Ihre Wünsche nur indirekt. Das ist zwar manchmal bequemer. Aber diese Tendenz, »möglichst bequem über die Runden zu kommen«, deutet geringe Selbstsicherheit an.
c) Es macht Ihnen nichts aus, eine fremde Person anzusprechen. Das zeigt, daß Sie aktiv und selbstsicher handeln können.

Das vergessene Portemonnaie

6. Sie wollen mit einigen Lebensmitteln zur Kasse eines Selbstbedienungsgeschäftes. Da fällt Ihnen ein, daß Sie Ihr Portemonnaie vergessen haben. Im gleichen Augenblick sehen Sie eine Hausbewohnerin, die ebenfalls auf die Kasse zugeht. Wie verhalten Sie sich?

a) Sie legen die ausgesuchten Waren in die Regale zurück. Dann holen Sie zunächst Ihr Portemonnaie zu Hause.
b) Sie erzählen Ihrer Hausbewohnerin, daß Sie Ihr Portemonnaie vergessen haben, in der Hoffnung, daß Sie Ihnen etwas leiht.
c) Sie erklären Ihrer Hausbewohnerin den Sachverhalt und bitten sie, Ihnen Geld zu leihen.

Interpretation

a) Sie zeigen geringe Selbstsicherheit, da Sie nicht wagen, Ihre Hausbewohnerin anzusprechen und um Geld zu bitten.
b) Diese Lösung zeigt Diplomatie, aber auch Selbstunsicherheit, da Sie die Hausbewohnerin nicht direkt auf Ihren Wunsch ansprechen.
c) Sie zeigen Selbstsicherheit, da es Ihnen nicht viel ausmacht, Ihr Mißgeschick zuzugeben und um Hilfe zu bitten.

Verspätung

7. Sie haben noch drei Minuten Zeit, um Ihren Zug zu erreichen. Als Sie sich die Fahrkarte am Schalter kaufen wollen, stellen Sie fest, daß sich eine lange Schlange vor dem Schalter gebildet hat. Wie verhalten Sie sich?
a) Sie finden sich damit ab, Ihren Zug nicht mehr zu erreichen.
b) Sie stellen sich an und hoffen, doch noch rechtzeitig eine Karte zu bekommen.
c) Sie bitten die vorderste Person, Sie ausnahmsweise vorzulassen.

Interpretation

a) Diese Antwort zeigt geringe Selbstsicherheit, da Sie bei Widerständen nicht die Aktivität aufbringen können, die nötig wäre, um Ihre Ziele zu verwirklichen.
b) Sie zeigen nur wenig Selbstsicherheit, da Sie sich zur Erreichung Ihres Zieles auf den Zufall verlassen.
c) Diese Lösung zeigt eine gesunde Selbstsicherheit, da Sie Ihre Ziele aktiv verfolgen, auch wenn daraus Schwierigkeiten mit Ihren Mitmenschen entstehen können.

Filmbeurteilung

8. Sie haben sich mit Bekannten einen Film angesehen. Alle beurteilen den Film negativ. Ihnen aber hat er gefallen. Wie verhalten Sie sich?
a) Sie verschweigen, daß Ihnen der Film gut gefallen hat.
b) Sie stimmen Ihren Freunden zu.
c) Sie versuchen, Ihre gegensätzliche Meinung den anderen zu begründen.

Interpretation

a) Sie zeigen wenig Selbstsicherheit, da Ihre Tendenz, sich anzupassen und nicht auffallen zu wollen, auf Kosten Ihrer Spontaneität geht.
b) Sie vergewaltigen sich selbst, indem Sie Ihre eigene Meinung unterdrücken. So kann sich kein gesundes Selbstbewußtsein entwickeln; Spannungen und Gehemmtheit können im Gegenteil auf diese Weise verstärkt werden.

c) Sie zeigen Selbstsicherheit, da Sie für Ihre Meinung auch gegenüber einer Mehrheit eintreten und bereit sind, aktiv zu werden, statt sich unauffällig und bequem zu verhalten.

Diskussionsverhalten

9. Ihr Freund konnte in einer Diskussion nachweisen, daß Ihre Behauptung falsch war. Das sehen Sie auch ein. Wie verhalten Sie sich?
a) Sie brechen die Diskussion ab, ohne Ihrem Freund einzugestehen, daß er recht hat.
b) Sie behaupten nun etwas ganz anderes, um Ihren Freund abzulenken.
c) Sie sagen Ihrem Freund, daß er Sie überzeugt hat und Sie einsehen, daß Ihre Behauptung falsch war.

Interpretation

a) Sie sind zu starr und unbeweglich. Alles, was durch Ihren Schutzwall durchdringen und Ihr Selbstbewußtsein verletzen könnte, unterdrücken Sie. Wegen Ihrer Unsicherheit fällt es Ihnen schwer, aus Kritik Nutzen zu ziehen.
b) Sie zeigen Unsicherheit, weil Sie Gefährdungen Ihrer Person nicht verarbeiten wollen, sondern abwehren. Ihnen geht es darum, Ihr Gesicht zu wahren. Die Meinung anderer ist Ihnen sehr wichtig. Sie brauchen Ihre Energie, um in den Augen der anderen ein möglichst positives Bild abzugeben.
c) Sie zeigen eine gute Selbstsicherheit. Ihnen geht es in erster Linie darum, Unklarheiten zu beseitigen. Gemeinsam erarbeitete Lösungen bedeuten für Sie mehr als die Wahrung einer guten Meinung über Sie. Ihr gesundes Selbstbewußtsein ermöglicht es Ihnen, Probleme zu lösen und nicht als Möglichkeiten der Selbsterhöhung zu sehen.

Kleines Lexikon der Fachausdrücke

Abwehrmechanismus Dieser Fachausdruck der Psychoanalyse bezeichnet die Mechanismen, die das ICH benützt, um z. B. Triebimpulse aus dem ES abzuwehren, deren Befriedigung wegen der Forderungen des Über-ICH (Gewissen) und der Realität nicht möglich sind. Die wichtigsten Abwehrmechanismen sind Verdrängung, Verschiebung und Rationalisierung.

Angst Angst ist ein schwer beschreibbares Gefühl, das verknüpft ist mit Erregung, Beengung und Verzweiflung. Dabei ist der Mensch nicht mehr Herr seiner selbst, d. h. die willensmäßige Steuerung der Persönlichkeit ist beeinträchtigt oder aufgehoben. Beispiel: »Er blieb vor Angst wie angewurzelt stehen und brachte kein Wort heraus.«
In der Psychoanalyse hat Angst eine zentrale Bedeutung. Nach Freud ist sie stets eine Trennungsangst. Sie erlebt der Säugling als Angst, wenn er von der Mutterbrust »getrennt« wird.

Bedingter Reflex Beim Anblick eines unbedingten Reizes, z. B. Futter, sondert ein Hund Speichel ab (angeborener, unbedingter Reflex). Ertönt gleichzeitig zum Futter ein Glockenton, sondern der Hund nach einigen Wiederholungen allein beim Erklingen des Glockentones (bedingter Reiz) Speichel ab (bedingter, gelernter Reflex), auch wenn kein Futter da ist. Den bedingten Reflex entdeckte der russische Physiologe Pawlow. Die Art dieses Lernens nennt man »klassische Konditionierung«.

Eigenschaften Bezeichnung für Merkmale, die dem Menschen allgemein zukommen (allgemein menschliche Eigenschaften) oder die Einmaligkeit eines bestimmten Menschen charakterisieren (individuelle Eigenschaften). Individuelle Eigenschaften können aus dem Verhalten eines

Menschen erschlossen werden. Sie sind als relativ überdauernde Charakteristika quantitative und qualitative Unterscheidungsmerkmale zwischen Menschen. Die Ausprägung einer Eigenschaft (quantitativer Aspekt) kann mit psychologischen Tests ermittelt werden.

Einstellung Eine relativ konstante Haltung gegenüber Personen, Ideen, Lebensmaximen. Einstellungen entstehen durch das Zusammenspiel von Eigenschaften (z. B. Selbstbewußtsein), Umwelteinflüssen (z. B. Erziehung) und Erwartungen.

Frustration Das Erlebnis, wenn eine bestimmte Erwartung nicht erfüllt, also enttäuscht wird. Eine Behinderung der Trieb-Befriedigung führt zum Beispiel zu Frustrationserlebnissen.

Frustrations-Toleranz Die Fähigkeit, Frustrationen längere Zeit aushalten zu können.

Individualpsychologie Eine von Alfred Adler begründete Richtung der Psychologie. Nach ihr kann der Mensch aufgrund seines Sozialisationsprozesses verstanden werden. Ein Mensch entwickelt den Lebensplan, soziale Anerkennung zu erreichen, da er nach Macht und Geltung strebt. Dieses Streben postuliert Adler als Grundtrieb. Dadurch sollen Minderwertigkeitskomplexe kompensiert werden, die jeder Mensch seit seiner Kindheit durch Organminderwertigkeiten und auch durch seine Hilflosigkeit als Säugling entwickelt hat. Im Kompensationsprozeß entsteht die Persönlichkeit eines Menschen. Adler unterscheidet sich von Sigmund Freud vor allem dadurch, daß er der Sexualität keine so große Bedeutung verleiht.

Minderwertigkeitsgefühl Dieser in Adlers Psychologie zentrale Begriff bezeichnet das Erlebnis seelischer oder körperlicher Unzulänglichkeit. Minderwertigkeitsgefühle beeinträchtigen die Entwicklung eines gesunden (umfassenden) Selbstbewußtseins und können zu Neurosen führen. Sowohl endogene (z. B. nicht voll funktionstüchtige Organe) als auch exogene Tatsachen (z. B. zu strenge Erziehung) können zu Minderwertigkeitsgefühlen führen. Wenn sie chronisch werden, können sie sich zu einem Minderwertigkeitskomplex entwickeln.

Neurose Konfliktsituationen werden nicht bewußt bewältigt, sondern verdrängt. Die verdrängten Impulse sind damit jedoch nicht verschwunden, sondern äußern sich in einer seelischen Gleichgewichtsstörung (Neurose), die zu einem mehr oder weniger lange dauernden Leidenszustand und zu einem Gestörtsein der Gesamtpersönlichkeit führt.

Psychiatrie Teilgebiet der Medizin, das sich mit den Geistes- und Gemütskrankheiten beschäftigt und sich medizinischer Methoden zu deren Behandlung bedient.

Psychoanalyse Die Psychoanalyse beruht auf Siegmund Freud's Erkenntnissen vom Unbewußten. Das Unbewußte ist danach ein seelisches Gebiet mit eigenen Wünschen (nach Freud vor allem sexueller Art) und besonderen Mechanismen. Die Therapie beruht auf dem Bewußtmachen dieser unbewußten Inhalte unter Mithilfe des Psychoanalytikers.

Psychose Eine Geisteskrankheit bzw. seelische Krankheit, die zur Beeinträchtigung bis zur Aufhebung des normalen Seelenlebens führt, so daß der Patient (Psychotiker) für längere Dauer das Orientierungsvermögen in der realen Umwelt verlieren kann. Dieser Verlust an Orientierungsvermögen unterscheidet die Psychose (allerdings nicht immer) von anderen Störungen des Erlebens und Verhaltens, z. B. von der Neurose.

Psychotherapie Die Wissenschaft von der Behandlung seelischer oder seelisch bedingter Leiden mit psychologischen Mitteln (im Unterschied zur Psychiatrie).
Es können drei Hauptmethoden unterschieden werden:
Suggestive Verfahren: Der Konflikt, unter dem der Patient leidet, wird zugedeckt oder umgangen (z. B. Hypnose oder Autosuggestion).

Trainingsverfahren: Durch körperliche Übungen wird eine seelische Gesundung und Willensfestigung angestrebt (z. B. autogenes Training, Arbeits- und Spieltherapie).
Tiefenpsychologisches Verfahren: Die Aufdeckung und Aufhebung des Konfliktes bzw. der psychischen Schwierigkeiten wird versucht (z. B. die psychoanalytische Methode von S. Freud).

Streß Bezeichnung für jede psychische oder körperliche Belastung, die als solche erlebt wird. Dabei unterscheidet man »positiven« und »negativen« Streß. Positive Streß-Situationen ergeben sich z. B. bei sportlicher Betätigung, negativer Streß bei beruflicher Überforderung.

Kommentiertes Literaturverzeichnis

Die drei vorgestellten Fachbücher sind als informative Lektüre besonders interessant. Sie können empfohlen werden, wenn Sie sich etwas ausführlicher mit der Psychologie beschäftigen wollen.

»Seele als Patient« von Wolfgang Schmidtbauer

Der Autor ist Psychologe und praktizierender Psychotherapeut. Er will den Laien über Ursprünge und Heilungsmöglichkeiten seelischer Störungen und Krankheiten informieren. Dabei versucht er zu zeigen, wie der Laie selbst – umfangreich informiert – im menschlichen Umgang mit seelisch Kranken psychotherapeutisch wirken kann, indem er sie versteht und ihnen hilft, sich selbst besser zu verstehen.
Zunächst beschreibt Schmidtbauer die Vorurteile, die in unserer Gesellschaft gegenüber seelisch Kranken entstanden sind und versucht, deren Ursachen aufzudekken. Danach folgt eine Beschreibung der Symptome psychischer Krankheiten. Die Ursachen dieser Krankheiten leitet er aus ungünstigen Umweltbedingungen ab; so stellt er sich gegen die klassische Auffassung der Psychiatrie, daß psychische Krankheiten ererbt oder »von innen gegeben« seien. Abschließend gibt er eine Übersicht über Fragen und Formen der Psychotherapie.
Da das Buch allgemein gehalten ist und vor allem mehr Verständnis für psychisch Kranke erzielen will, ist es für die Lösung individueller Probleme nur bedingt geeignet. Es eignet sich gut für Leser, die ausführlich informiert werden wollen.

»Über den nervösen Charakter« von Alfred Adler

Adler geht in seinem Buch, das den Untertitel »Grundzüge einer vergleichenden Individual-Psychologie und Psychotherapie« trägt, von einer angenommenen fiktiven Norm aus. Von dieser Norm aus mißt und vergleicht er Grade individueller Abweichungen. So hat Adler die Überzeugung gewonnen, daß jeder Zug des Seelischen

von einer sinnvollen Dynamik bestimmt ist. Seine vergleichende Individualpsychologie sieht in jedem psychischen Geschehen die Konsequenz eines einheitlich gerichteten Lebensplanes, der bei Neurosen und Psychosen nur extremer auftritt.
Nach Adler entsteht aus dem kindlichen Minderwertigkeitsgefühl ein »gereiztes Streben nach Macht«, das durch die Forderungen der Umwelt und Gemeinschaft eingeschränkt wird und in die Irre geht.
Diese Grundidee differenziert er in einem theoretischen Teil, in dem er den Ursprung des Minderwertigkeitsgefühls beschreibt, und in einem praktischen Teil, in dem er seine Theorie auf das Alltagsleben bezieht.
Für Menschen mit seelischen Problemen kann das Buch eine gute Hilfe sein, um die Problematik zu erkennen und Möglichkeiten der Veränderung einzuleiten.

»Aufbau der Person« von Philipp Lersch

In dem 664 Seiten starken Buch gibt Lersch einen umfassenden Überblick über die seelische Struktur des Menschen. Er sieht das Seelenleben nicht nur als ein in sich gegliedertes System von Vorgängen und Zuständen, sondern bezieht auch das Geschehen zwischen einem Menschen und seiner Umwelt in die Analyse des Menschen ein. So sieht er den Menschen einerseits als selbstbezogen und andererseits als offen für die Mitwelt. Lersch beschreibt den Wechsel der Gefühle und Stimmungen, den Verlauf von Erregungen, Strebungen und Leidenschaften. Die rationalen Grundlagen des Menschen, Entschlüsse und Handlungen, werden ebenfalls aufgegriffen.
Das Buch ist für den Leser geeignet, der sich einen umfassenden Überblick über das Seelenleben des Menschen verschaffen will. Individuelle Probleme können durch die Lektüre allerdings kaum gelöst werden.

Literaturverzeichnis

Adler, A.: Studie über die Minderwertigkeit von Organen, Wien 1907
Adler, A.: Über den nervösen Charakter, München 1928
Adler, A.: Praxis und Theorie der Individualpsychologie, Leipzig 1930
Allport, G. W.: Persönlichkeit, München 1959
Andics, von M.: Über Sinn und Sinnlosigkeit des Lebens, Wien 1938
Anschütz, G.: Psychologie, Hamburg 1953
Binswanger, L.: Über Ideenflucht, Zürich 1933
Binswanger, L.: Drei Formen mißglückten Daseins, Tübingen 1956
Bjerre, P.: Unruhe, Zwang, Angst, München o. J.
Brachfeld, O.: Minderwertigkeitsgefühle, Stuttgart 1953
Brun, R.: Allgemeine Neurosenlehre, Basel 1954
Coué, E.: Die Selbstbemeisterung durch bewußte Autosuggestion, Basel/Stuttgart 1972
Erikson, E.: Kindheit und Gesellschaft, Stuttgart 1971
Frankl, E.: Der Wille zum Sinn, Bern 1972
Freud, S.: Gesammelte Werke, London 1952
Gabor, D.: Der vernünftige Mensch, München 1972
Gehlen, A.: Der Mensch. Seine Natur und seine Stellung in der Welt, Berlin 1940
Groddeck, G.: Der Mensch und sein Es, Wiesbaden 1970
Heiß, R.: Die Lehre vom Charakter, Berlin 1949
Hennenhofer, G.: Angst überwinden, Stuttgart 1973
Horney, K.: Der neurotische Mensch unserer Zeit. München 1964
Klages, L.: Der Geist als Widersacher der Seele, Leipzig 1933
Künkel, F.: Die Arbeit am Charakter, Konstanz 1964
Lauster, P.: Begabungstests, Stuttgart 1971
Lauster, P.: Teste deine Intelligenz, Stuttgart 1972
Lauster, P.: Menschenkenntnis ohne Vorurteile, Stuttgart 1973

Lauster, P.: Der Persönlichkeitstest. Ein Test- und Beratungsprogramm zur Entfaltung Ihrer Persönlichkeit, München 1974
Legewie, H., Ehlers, W.: Knaurs moderne Psychologie, München 1972
Lersch, Ph.: Aufbau der Person, München 1966
Lindemann, H.: Überleben im Streß – Autogenes Training, München 1973
Plack, A.: Die Gesellschaft und das Böse, München 1967
Rogers, Carl R.: Die Klient-bezogene Gesprächstherapie, München 1973
Rüfner, V.: Die Entfaltung des Seelischen, Bamberg 1947
Selg, H.: Zur Aggression verdammt? Stuttgart 1972
Scheidt, J.: Innenweltverschmutzung, München 1973
Schmidbauer, W.: Seele als Patient, München 1971
Schultz-Hencke, H.: Der gehemmte Mensch, Stuttgart 1965
Thomae, H.: Das Individuum und seine Welt, Göttingen 1968
Thomae, H.: Der Mensch in der Entscheidung, München 1960
Wolpe, J.: Therapist and Technique Variables in Behaviour Therapy of Neuroses, in: Comprehensive Psychiatry 10, 1969

Register

Resonanzfragebogen

Um dem Autor bei seiner Arbeit zu helfen, füllen Sie bitte den Resonanzfragebogen aus. Hier können Sie dem Autor Ihre Meinung schreiben. Alle eingehenden Resonanzfragebogen werden vertraulich behandelt und statistisch ausgewertet.

Lesen Sie die folgenden Fragen bitte aufmerksam durch und kreuzen Sie Ihre Antwort an.

1. Hat Sie die Lektüre dieses Buches angeregt, Ihr Selbstbewußtsein zu verbessern?

☐ ja
☐ nein
☐ teilweise
☐ weiß nicht

2. Glauben Sie, daß Sie einige Erkenntnisse gewonnen haben, die Ihnen im Alltag helfen?

☐ ja
☐ nein
☐ teilweise
☐ weiß nicht

3. Worüber hätten Sie gerne mehr gelesen?

☐ Angstprobleme
☐ Erziehungssituation
☐ Sexualität und Selbstbewußtsein
☐ Gesellschaftsstruktur
☐ Minderwertigkeitskomplexe
☐ Therapiemethoden
☐ Problem-Tagebuch
☐ Sinn des Lebens
☐ Befreiung der Liebesfähigkeit
☐ Entfaltung der Fähigkeiten
☐ Mut zur Selbstbehauptung
☐ Konfliktbewältigung
☐ Motive menschlichen Verhaltens

Eigene Vorschläge: ____________________

____

____

____

____

4. Glauben Sie, daß Sie in Zukunft selbstbewußter sind?

☐ ja ☐ teilweise
☐ nein ☐ weiß nicht

5. Haben Sie das Problem-Tagebuch geführt? Wenn nein, weshalb nicht?

☐ ja
☐ nein

6. Hat Ihnen das Problem-Tagebuch geholfen?

☐ ja
☐ nein

7. Waren Sie einmal in psychotherapeutischer Behandlung?

☐ ja
☐ nein

8. Würden Sie gerne eine therapeutische Behandlung aufnehmen?

☐ ja
☐ nein

9. Hat Ihnen das Buch geholfen, Ihre persönlichen Probleme besser zu erkennen?

☐ ja ☐ teilweise
☐ nein ☐ weiß nicht

10. Welches individuelle Problem oder welcher seelische Konflikt beschäftigt Sie besonders?

____

____

Tragen Sie jetzt bitte Ihre persönlichen Daten ein:

Vorname: Name:

Plz.: Wohnort:

Straße:

Beruf: Alter:

Schneiden Sie den Fragebogen bitte aus und senden Sie ihn an:

PSYCHOLOGISCHE DIAGNOSTIK
Dipl.-Psych. Peter Lauster
5 KÖLN 60, Lüderitzstraße 2
Telefon: (02 21) 7 60 13 76